# 女兒身

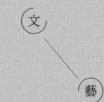

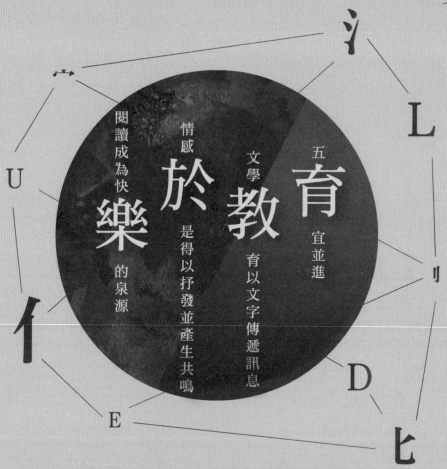

# 目次

## 小說類



## 散文類

## 新詩類

小說類

**首獎**

陳芊伊

# 他們把它從河底撈上來時

他們把它撈上來時，所有人都認不出來，佳全只好打電話叫我過去。

每個我不用打工，戴詩也不用上課的週三下午，我會裝好便當，走過幾條街去找她，然後在附近雜草叢生的三角公園午餐。接到電話時電鍋剛跳起，再悶幾分鐘飯才會好，但佳全在電話裡聽起來有點急，所以我只好提前挖起白飯，草草裝進飯盒後出門。我打給戴詩，想跟她說我會晚到。她沒接，大概是手機又忘記充電，她大概會這樣快一個禮拜，見怪不怪。

綠燈秒數剛開始倒數，離我幾十公分處，一整排車引擎轟轟燒著，被車撞的想像在腦中重複播放，我快步走在斑馬線上，故作鎮定地逃命。我常忍不住想如果我被車撞飛，我會在空中爆炸，我皮囊裡乘裝著的，仍跳動著的，血液包覆它像羊水包覆胚胎，比私處還隱密的全副臟器會像花季結束前迸盛的花朵，以婚宴上拋撒喜糖之姿，以遊樂園天女散花之速，緩慢逸樂地一一降生至堅硬的柏油路面後爛成一團紅泥，像戴詩愛吃的辣醬。戴詩吃啥都要加辣醬，把所有固體的食物變成粥狀，用湯匙在裡頭漫不經心地攪拌，飯粒吸飽醬汁，柏油粒吸飽我的臟泥，裡頭有我昨晚吃的杏仁荳蔻餅，戴詩邊看著我邊把食物送進嘴巴。

當戴詩這樣看著我時，她甚至可以用眼光把我釘在天幕或高樓上。我雙足懸空，背脊一陣幸福的麻慄。我說不出話來，腦中只有這些想像。因為我感覺她的目光命令我腦袋這麼做。我整個人，包括我的腦袋，或者該說我的意識，就像她身體上的某種器官，一旦接收到目光就只能做出這種反應。戴詩眼光像卡車碾碎我的表層，我的意識遭她開膛剖肚，我完全坦露在她面前。雖然如此，但當戴詩看著我時，她永遠看不見她看我的目光。她知道她在解剖什麼，但她不知道她如何解剖我的。天幕灰青，我背後有顆太陽，發紫發烏，像吊死屍的臉，我掛在天幕上看著她，所以我知道。

「你終於來了！打你電話都沒接！」佳全嗓門尖，眼睛圓大眼距開，像兩顆腫泡浮在臉上，她一說話裡頭的組織液就晃來晃去。佳全瞪著我，其實她是看著我，我感覺像被兩支手電筒照臉，於是移開目光。我不喜歡她的眼睛。她那麼篤定地看著我，但她根本不知道她自己在看啥。

站在佳全旁邊的是……戴詩？不，是別人，不是戴詩。那女人年約四十，披著戴詩背影，微駝的背，略斜的右肩（她老是用那隻肩膀揹書包）。但背的彎弧和肩膀斜度是仿冒的，我走近就看出差別了，虧她連那份瘦愣愣都模仿得那麼像。我憤怒到極點，但又不知所措，只好強壓著情緒。那女人怎麼能這樣？剝下戴詩的皮披在身上，如此粗糙拙劣的模仿，真是拙劣的演員！拙劣的背叛者！噢，聽！她說話時，那種戴詩的嗡嗡細細的聲調……，她連戴詩的聲帶也要剪幾吋！她以為這樣就能演她！沒有人可以表演戴詩！戴詩不是劇本或樂譜！

然後我看見他們圍著的東西了。一具白屍，躺在我跟前，由腐敗氣體撐起鬆垮皮膚，像漏氣氣球無力不均勻的腫脹，稀泥巴五官膠皮垂地，河水割開它嘴，濃烈味道從那裡爭先散出。那味道愈發濃烈，像費洛蒙，像性欲像本能，針對我而來，召引我從鼻腔耳管到腦中百骸。它只誘引我一人，我不能讓別人知道。我學其他人摀住鼻口的樣子，他們裝作悲傷但其實噁心地快吐出來了。我則恨不得在它身旁躺下，貼近它臉，用睫毛挑起魚鱗般冰冷的皮膚，用眼角膜覆蓋不成形的五官，用臉頰摩娑它黏在膚上的紅色紗裙，嗅聞它從每一孔隙裡散發出的味道。是戴詩嗎？躺在我跟前的這團泛白肉塊是戴詩嗎？它看起來陌生卻又極富魅力。戴詩一具臭皮囊，裡頭釀盛十九年的器官，如果劃開她肚皮，割開她美麗的，曾在我雙手中發熱的咽喉，我為她精心揀選過的飯菜，她對我說過的那些字句會一一滾落嗎？那到底是不是戴詩？我分不清是悲傷憤怒或是鄙夷，在我內裡有股衝動，想剪開眼前這具腫脹的浮屍。我會虔敬慎重地撿起它掉落的全部，我比誰都瞭解戴詩，我能核對每一片濕漉漉的黏膜、口腔或者胃壁，喉頭或者膽囊，每一莖血管每一寸腸每一粒米每一葉菜，每一言一語清琅琅，而且我還能，只有我能，如果真是戴詩的話，只有我能對她做最徹底的哀悼。

詩詩，詩詩，多麼荒謬可笑？詩詩氣球白屍，躺在我跟前，那女人戴著仿冒的五官，仿冒的眼睛仿冒的淚水，佳全看著警察，警察看著我，那女人看著警察。他們問我，我回答戴詩，於是他們叫它戴詩。我或點頭，或說嗯，對，戴詩她……詩詩她……。我認得那件紗裙，但我幾乎什麼都沒說。我現在處境危險，我不擅長這種場面，這種在人群前，講出什麼都會立刻被確立為事實，而這項事實可能在人群裡發任何枝結任何果的場合。我肚子愈來愈餓。我嘴唇發白腦袋發暈，剩下的都是佳全幫我回答。我只想趕快離開，去找戴詩吃飯，她聰明多了，不那麼愚蠢。

戴詩又在搞怪了。每次都是這樣。

從下課前十五分鐘起，老師一轉身背對台下，她就轉頭對我擠眉弄眼，我當然知道她在幹嘛，於是故意低頭抄筆記，假裝沒看見。

青蔥蒜泥豬肉不要蔥不要肥肉，炒麵不要蝦米不要綠豆不要胡蘿蔔留玉米就好，九層塔蛤蠣湯蛤蠣去肉留殼。「喂你又幫她盛飯啦？她去哪了？」佳全真的很愛問，但這樣好像叫做擅長關心別人，一直有種主張要我們多關心身邊的人，預防他們自殺之類的，但現在我只想叫她去死。「沒看見。」我隨便回她一句，走之前故意不把湯杓勾在湯桶邊緣。

遠遠的我就看見戴詩了。她駝背叉開兩腳坐在草地上。漂過的頭髮蓬亂毛躁，像頭銀色鬃毛的小獅子。「慢死了。」戴詩不滿地癟嘴，接過飯盒，很快地把菜全撥到嘴裡後，再嗚嚕嚕一根根吸食麵條。「等下考地理罩我好不好？」我打開飯盒。

「那你晚上要陪我去撈金魚。」半截麵條在她塞滿食物的嘴巴外。食物像光線被黑洞吞噬進她兒童般的瘦小身軀，食物正滋養著她那發育不良的平板身材，她握著湯匙的左拳，青白指節裡的綠色血管，準備從薄膜般的透明皮膚裡爬出，接觸太陽行光合作用。

我明白我不是念書的料，但我也不是都沒努力。我課本上筆記可比戴詩多多了，她的課本青春永駐，時光停留在從教科書紙箱拿出來那刻。她拿好成績從來不費什麼功夫。鐘響就座位，課本往桌上攤，正經八百望前方，老師不會刁難，同學以為她在認真，但只有我知道她在發呆，該翻頁都是我提醒她的。我坐在她斜後方，看見她目光懸在空中，被吊扇打散後又重新聚集。在日光燈下她看起來跟所有人沒兩樣，但只有我知道，她早輕煙似飄到窗外。直到日光燈蒸淨課堂最後一秒前，在我前方椅子上的只是一大團黏糊糊粉色肉塊。

戴詩吃完午餐，閉著眼睛躺在草地上。我和她做著相同動作，或者說我們看起來正做著相同動作。我們的樣子看起來美好愜意，這片草原，我們的姿勢，這個場景是美好愜意的。但這一切有可能全是偽造的。真的是這樣嗎？如果你在影片裡看到我們這樣，或用啥睡姿洩露你的心理來講的話，那一定是美好愜意的。現在的我們是一小段快樂的影片！現在的我們是某一種說法或者推論！

戴詩大字攤平躺下，四肢曬著像晾在窗台上的抹布。這種冬春洋流交會處的季節，這種天氣這種潮濕，這種腐爛及孜孜冒息的季節，這種風。太陽在戴詩額頭上烤出了層薄汗。她額頭皮膚像小狗舌頭溫熱濕軟，狗啃瀏海長在額際像雜草。這種風一吹過就加快泥土發爛速度，我聞到泥土和草根腐壞的味道。樹蔭罩著戴詩和我像蚊帳蓋剩菜，樹上果子爛熟，在風裡隨時有可能要掉落。我知道在我們躺著的草地下，千萬隻蟲子蠕動交配著。我看不見但我知道。我鼓起勇氣檢視腳邊，果然有隻蟲子。有點像紋白蝶幼蟲，但比較粗魯。白色蟲體濁透，黑黑一小點也許是口或肛門，像蛆。我嫌惡地挪開腳，猜想在手臂上方可能也有一隻。我侷促不安想起身離開。但戴詩表情安然，躺著，像死了一樣的睡著。剛才吃下去的飯菜在這組骨頭撐起的薄皮裡，被磨蝕成更細的湯糜。戴詩死了一般的睡著。天空這個藍色無垠大胃囊，暖和腐爛的風融蝕催熟戴詩和我和草地下的蟲子。一想到蟲子我就擔心，要是蟲子在我們身下越生越多怎麼辦？我擔心被蟲子包圍，但也許早就被包圍了。那是菜蟲還是蛆？菜蟲吃葉子，蛆吃腐肉。我和戴詩是不是腐肉？蛆會吃我們嗎？怎麼判斷我們是不是腐肉，是看蛆吃不吃我們嗎？我想起身離開，但我不想叫醒戴詩，只好侷促地挪動四肢，想辦法避開長得像蛆的蟲子。

「當你這麼說的時候，有可能一切都是偽造的！但你只能這樣說！因為你不知道該怎麼說了！」戴詩突然大吼，從草地上跳起來掐住我脖子。忽然戴詩仰頭大笑，把脖子拉長往後仰地笑，她笑得厲害，她的後腦杓碰到她跪著的腳跟，她的睫毛戳進她的腳趾甲縫，她的頭髮披散淹沒她小腿。笑聲愈來愈大，整片草原都是回音，笑聲的回音和笑聲混在一起，像團髒兮兮的濃霧。霧愈來愈濃，戴詩的臉孔愈來愈模糊，只剩下她的長脖子是清楚的，像一塊在霧裡不停延展的橡皮糖，毫無防備地向我展示繃緊的皮。戴詩的皮膚細緻脆弱，指甲在上頭施加到某程度便會「啪！」一聲，像氣球那樣毫無預警地爆裂。

我知道戴詩住哪，還幫她備了一副鑰匙，但我從沒進去過。現在我要進去她家了。因為那女人的要求，大家都覺得理所當然。我載她到戴詩租的地方，每次我載她都是走這條路。國中我就會騎車了，若白天閒得發慌，就騎著在產業道路裡閒晃，一圈圈繞著無止境的田，若晚上想逛夜市，就跟同學沿那條排水溝大路一直騎，就會到路橋下的夜市，跟現在這條路有點像。晚上騎，涼涼的夜風裡聞得到水溝臭味，連我現在打工，載著冰涼飲料在柏油半融的馬路上，穿過車陣和熱氣，汽油燃燒和柏油融化的味道裡都帶著臭水溝的味道。

我不送飲料時就顧櫃台，有時戴詩來，人少的話她就趴在櫃台前和我閒聊，小蛇手臂交疊盤在櫃台。她不外乎就是點那幾種飲料，烏龍或是烏龍綠；不外乎就是那幾個片刻拋出的那幾句：我開始搖飲料時，我停下動作時，我走開幾步去盛料，走回，杯口封膜，裝袋，左手遞飲料右手收錢，銅板落在手心。十次有八次她冰涼手指會碰到我濕熱冒汗的掌心，所以之後結帳前我會在背後牛仔褲迅速抹一把，一次就要抹淨所有手汗，乾脆俐落但動作不能大。那條褲子穿穿洗洗很多次，顏色褪得差不多了，左側有些發白，但是很好穿，所以我幾乎天天穿，它幾乎長在我身上了。

我用備份鑰匙開了公寓一樓的門，門口左邊停的腳踏車把手上掛了戴詩的黑色霧面安全帽，我今年年初才送她的，很新，但腳踏車很舊，空氣裡所有的灰塵都停留在上頭，我想腳踏車應該不是她的，從來沒看過她騎。

樓梯間的空氣很悶，爬到三樓時，那味道愈來愈明顯，沿階梯像從垃圾袋破隙滴下的餿水，滲到空氣裡頭，每往上爬一級，便愈加馥濁，比任何一種高檔香水都令人心迷。

「會不會……」那女人突然停下腳步，我轉頭，看見那張矯作的，冒牌的戴詩的臉，淚袋儲滿神經質，她揉眼吸鼻子，那些神經質的想像便從淚管流到鼻腔裡，準備從喉間哽咽出那種冰涼哀愁，鼻涕般黏答答的聲音。

「沒關係，那我先上去就好？」我趕忙脫口而出，我不想聽到那種聲音，那聲音會在我頭上安一頂莫須有的荊棘冠。她沒有回答。紅色樓梯扶手表層的塑膠皮浮裂開來，扎人，但她手緊抓著，好像她感覺不到。她抓得太緊了，整條鬆動的樓梯扶手喀喀作響，像條紅色響尾蛇。她繼續瞪著我，嘴唇蠕蠕，如蛇吐信，於是那種聲音便冰涼而黏稠地流進我耳裡。

「會不會……會不會在那邊撈到的不是我女兒？」

有貓的叫聲嚶嚶，淺淺約約，像埋怨，像嬰兒啼哭隔著棉被傳出。貓我不確定是在哪戶，但我知道三樓左戶住著個老太婆，獨居但照顧著一個嬰兒。有時我跟戴詩在公園看見它，它抱著嬰兒坐在涼亭下，如果嬰兒哭了它就解開衣襟把乳頭塞到嬰兒嘴裡，乳頭顏色像燒壞了的陶土，它整個人也像一尊燒壞的泥塑，丟在窯子外用破塑膠布裹起來，沒人看見的時候才蹣蹣走開。嬰兒在它背上像抔濕軟的土，以新鮮血液和奶水揉成，像顆新鮮，不斷吸取生命的瘤子。戴詩的手是純粹的觀音土，軟軟涼涼，沒有紋路，除非你握她的手，你的指紋會印在她手上，她的手汗會像礦物粉，細細閃閃黏在你指尖。每次看見老太婆給嬰兒餵奶，我就不由自主想捏戴詩的手，手掌或者青紫血液流過的手腕內側，或她嘴唇耳後眼皮眼珠眼角膜，任何她身上柔軟脆弱，生命豐潤的部位。

我想，我想我以後我也會變成那樣嗎？到時我的皮膚像舊報紙脆黃，一裂開底下砂石汨汨。在我變成那樣之前，我要去加油站買一桶油，九二就好，叫戴詩往我頭上淋。戴詩捧起汽油，透明的藍色汽油從她指間滴答漏下，滲入我頭皮上的細碎裂紋，我會被汽油的味道薰得頭暈腦脹，在我醒來之前，火燃起來，我在一片火光中行走，燒成一抔抔泥巴灰，在風中散開，味道刺鼻，粉末細緻，嗆得戴詩一把眼淚一把鼻涕，然後她再捧起泥巴灰，混著亮晶晶的手汗扎實地揉進她全身，戴詩臉變圓了，手指小腿長了，身高足足多了兩吋，和我差不多高，我說那我鞋你喜歡的都拿去穿，我在她腦袋裡撥打神經告訴她。我告訴她我想在山坡上曬起的頭髮，用她的骨頭搭架子，架子像鷹架一樣美麗複雜但堅固。她的骨頭中空，像鳥一樣輕，差點乘風飛走，哎呀得趕緊把頭髮曬上去。頭髮乾了後，把架子拆掉串成風鈴，我提著風鈴在草原上散步，骨頭碰撞骨頭的聲音叮叮咚咚敲著骨骼內壁。哎呀這塊地靠著河真不錯，我把頭髮一根一根種進土裡，每種完一根就吐一口六點六毫升的口水，蚓蟲繞行過髮根，我把耳朵貼在鬆鬆的土壤上，聽見底下髮根滋長的聲音，那聲音爬進我耳裡，睫毛小腿窸窸癢癢，整片的遼遠戴詩湊在我鬢旁耳語。

# 陳芊伊

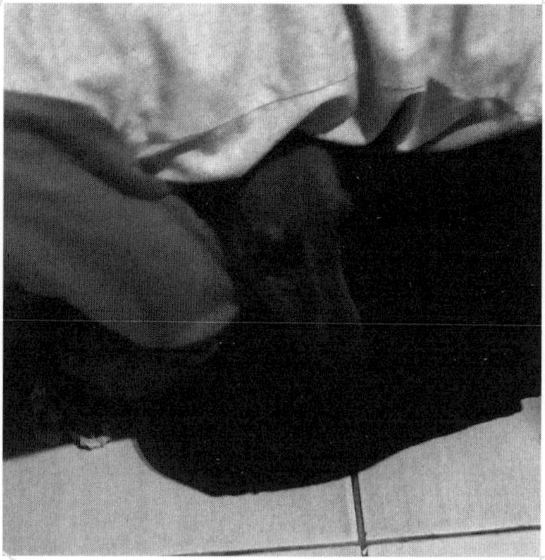

我是一個很簡單的人～我的興趣是在家裡玩寵物和打電腦，和看電視，平常喜歡看的電視是《蠟筆小新》～《小飛象》也很好看～所以我看了很多次。我也喜歡睡覺和吃飯。

## 得獎感言

謝謝各位評審老師和所有的人了～～～～

小説類
佳作

# 倒影

陳昀坊

洗衣間的窗戶是一般的鐵欄設計，夜間洗衣時，她順著曬架的高度，就見著月亮穿上了囚衣。她第一次入眼此相時，她擱下衣物，走向窗緣，月亮才褪下囚衣。於是她才能呼出緊彆在上顎連結鼻腔，用舌頭抵住的那口氣。之後，她有了盡量不再夜裡洗曬衣物的習慣。

美月，這是她的名字。她身上最容易讓人被記憶的地方，除此之外，她覺得自己經歷過的事物，或是定著在她身上的標記，無一使人輕易再度想起。關於描述她此人的客觀資料，她向眾人每說過一遍，那些描述就離她愈遠一點。

她得抓取關於自己的描述，一再地填塞至他人的記憶裡。

她不打算想怪罪他人對她的漫不禁心，或是苛責自己特色不足。然而面試過她的主管，每當美月任職新工作一星期左右，都驚訝她某些資料的出現，像是發現新基因排列，只是她化成一片口腔組織黏膜，未聚合成一個標記著關於美月這個人的點點滴滴的一名女子固態。

於是她開始著墨於自己的名字，她發現這個俗氣又筆畫簡易的名字，是她自己的組成裡最能抓住大家的部分。美月，美麗的月亮，自古月亮累積了多少世人對她的期待及迷戀，月亮與神話一樣久遠及優雅，這和擁有此名字的女子，其平淡秀氣的五官，和淡雅的妝容或整體造型的素淨，和乾爽的個人氛圍沒有合於一致性的期待。

歷經與一間又一間公司的分開與重新連結，認識新同事，同時保持少數老同事的連絡等等，大家叫喚著她的名字時，是她最開心的時刻。雖然有時也因為這個名字變成一種順口溜，會議中，發言者支支唔唔後：「那就請美月說點話吧」點了她說話，也不是意在聽她說話，而是因為舌頭反射性喚了一個很親暱性的名字，發言者的說話義務得以終止。即便如此，她不會因此覺得困擾，至少她的名字發音發響在會議室的空間過。而且不只一次。

順著名字裡的用字，也因此，她開始留意月亮，及在她生活的位置。

或許不只是名字效應，有陣子加班的兇了，專案總是不預期被外包廠商給丟回，外包廠商極盡所能的已讀不回，她就成了另一個外包，她成了公司最好用的不給薪外包。於是夜裡回家，見到月亮仍飽滿地為她照亮小路，原來我自己不是獨自返家啊，她心想，有人不出聲地等她，即使每次見到時長得不同，氣色也不定，但總是高高掛在上方，從沒有離開過那個位置。

在傍晚，月亮如枚銀質胸章別在紫橘漸層的夜色。在夜裡未至半夜，月形會脹大，像是夜行動物的充沛元氣。漸漸地，美月收集著各式夜間月相。這與關注一個在乎的對象的臉色接近，只不過它是一個衛星，一個端看行星狀況才得以存續的依附者。美月查過維基百科，略感失望後，也更加為遠在天邊的星體感到難過，這份難過隨著知道它離不開地球更放感情。

但她沒有繼續增長天文學知識，因為工作漸漸吃垮她生活餘閒，包含一個舉頭及目光上移的小動作。後來，米拉來到現在她工作的公司。

米拉的工作位階與她同層級，然米拉擁有出眾的外表和過往精采的職場成績，工作職等的安排是上層一個善意的推遲，對內部同階層的尊重，還有測試米拉的職場人際適應力，美月依著對目前這個組織的理解，自認是一個不會差太大遠的職場推論。米拉僅是暫時在她的視線平行的位置，時間往前走，米拉就會轉移至她的上方。

過去的經驗裡，其他人曾攀過她，或越過她的，她告知自己不用放在心上。在米拉還沒來到公司之前，這個自我說服偶時也會失靈，導致有不少日子，她處於工作頻頻失神的狀態，她一旦出紕漏，就會再度催眠與苛責自己。不要放在心，不要放在心，別人的移位變換與她無關。

後來，米拉應驗地任職了管理職，美月的自我訓誡失靈次數變少了。米拉是一個相對他人令她臣服的人，或許她的名字很適合一起呈上給米拉。

訂便當時，她們都恰好選擇最普通但大家都吃膩的招牌口味。能了湊足讓便當店外送最低標準，她有了詢問米拉生活小事的機會「因為習慣了這個口味，不想試其他的。」米拉簡單地說，但卻看著美月的眼睛。

那夜，她在滿是雲朵密布的夜空裡，覺得夜裡深色的雲層如同米拉的濃髮，有無法勾勒但動感的曲線，每條線的彎曲幅度都不及美月的嘴角的上揚。

一日，太陽下山之後美月還沒辦法離開辦公室，隔日有被客戶臨時追加的活動，她得在太陽重新升起前完成準備作業。大腦似乎過度思考活動的流程時而疲倦，嗅覺突然發現辦公室空氣浮著一種乾嘔的冷氣馬達運轉味。她推開辦公大樓的門，來到架著逃生梯的陽台處。

她見到她在那裡，舉著香菸，朝向與高空上的模糊銀質勳章觀看。

「啊，你不喜歡香菸嗎？那我不抽了。」她才連忙地說：「沒關係，我不會討厭，你繼續吧。」米拉上揚起嘴角把夾著香菸的手再度抬高。接著她們陷入無聲的氣氛中，夜晚逐漸轉黑，黑幕是月最好的舞台，月相開始明亮，益發突顯月光的柔弱光暈，美月覺得她目睹天上天下齊一的月亮，她有些發暈，覺得自己的天真與崇拜，把現實感沖過了頭。

米拉把抽剩的香菸尾在隨身菸盒捻熄後，「我要進去了，你慢慢來。」美月含糊地應聲再見，只剩她一人在陽台上，伸展一下僵硬的肩頸，「啊月亮又躲進雲裡看不到了。」少了月色點綴的夜空，美月並不流連，她覺得整個空間變得多待一秒就無趣地窒息。

月亮在高空上充飽了八次，或十次，與超商集貼紙兌換限定商品的次數差不多時，另一個新成員進了公司，是一個他，一個閃耀的面孔。美月覺得仍在這間公司待著五、六年沒離開，總算有點用處了。

「你第一天上班就這麼拚命地加班，以後還受得了嗎？今天的咖啡不會是你最後一次請吧。」他笑語，「才第一天而已，我也覺得自己這樣有點誇張，可是我想盡快上手，我有些生活上壓力。」接著他開始聊以前公司的趣事來炒熱氣氛，她也識相地沒有繼續追問所謂的壓力是什麼，但她覺得今晚是好的開始，她可以拉住這條線頭一段又接一段把這團線球解開。

一團待解開的毛線團，但每條貌似是晶瑩的金羊毛所織成，乘著光線的毛絮在空中飄動時，連空氣都凍結。

與新成員敲開冰河的數日後，或數週。她又處於一件專案的膠著時，下午才拖著身子進辦公室。當天早上全耗在老客戶那裡。他們嚴格又不留情面地檢討她的提案，讓她幾乎無法招架，她得趕快回辦公桌修正客戶指示之處，在她信心尚未崩盤之前。她想挽回自己的專業形象，因此她沒注意米拉的桌子放著一把盛開的百合花束。

直到其他同事問她晚上有沒有空去聚餐，她正開口問參與的同事有那些人時，同事先搶著說：「我們是為了要替米拉祝賀和歡送的，她要離職去結婚了。」接著同事提到已經預約的餐廳是採合菜制，大家如何分攤餐費等等。她都只是隨口應聲「我都ok。」她覺得心窩被無名之手伸入，狠揪了一把。

晚上大家酒酣之際，她終於抓到機會能私底下和米拉說話，她吞了緊張而生的口水而張口說：「米拉……你沒有想過，結婚還是可以工作的嗎？啊!!抱歉，真的很不好意思，我的意思不是你的選擇是不對的……啊我只是想對你說，你做得很棒！這樣好像有……一點可惜……」

米拉雙頰被酒暈染紅覆蓋平日洗練的雪白膚澤，她輕聲道：「我其實很傳統，只想守著一個人過一輩子，工作沒辦法陪我走一輩子，但我的家庭會。我肚子裡準備要新生命了，我想全心守著這過程。」美月覺得這答案似曾相識地聽過，或是伴著莫名所以的脹熱充斥她整個身體，她覺得自己是睡眠不足，還是人際失調又再見，或是酒精作怪。

「向大家報告二個好消息!!我們部門真是喜上加喜，米拉不但懷孕了而且她要嫁的正是我們新進的同事XXX!!」

頓時場面成了婚禮場合，大家熱烘烘地開始灌他喝酒，並向米拉及新成員祝賀。她再也忍不住胃裡翻滾的噁心感，逃出這間餐廳，她用力壓抑在體內爆衝的嘔吐感，避開街上朝向她的人群，一直轉進無人的巷弄。

最後在一條小水溝上的橋蹲著，停下，她像是把體內所有的東西都掏出來地，吐著也許是體內僅存的水分，仍無法留住地從眼睛汩汩流出。

水面上飄著一層薄薄金色剪影，那是來自在她頭頂之上的夜明珠，她頓時想找一個東西，一個硬的，一個手掌可以掌握的，一個可以丟甩出去的的物品，她一直在可見的地面找呀找，但找不到。她皮包傳來一陣響動，她毫不猶疑地將這響動的來源，往水面的圓形倒影丟，倒影在重物丟中時破開，又重新復原，美月最後連包包也丟向倒影，也許是酒精仍在體內，她一不穩地跌進水溝裡——「好，我終於可以把你刪掉了！」

她仰頭說看著高空又說：「還是你最好，你不會變，你一直都在!!其他的都是你的影子。這下子好了!!我分得出來影子和你的差別了。」

隔日，主管告知她取代米拉的職位時，她沒有任何臉部的表情改變，回覆主管說「我會表現得很好的。」這句話，使主管頭次用發亮的眼神，看著這位從來沒仔細看過的老舊女同事。但美月沒見著主管的眼睛，就轉身回到座位了，承接著米拉留下來的各式資料文件夾，規律的打字聲繼續從她的位子傳回主管的耳朵裡。

# 陳昫坊

陳昫坊，也是灣那，一名晚熟的文青，台中純小說精讀會的負責人。

## 得獎感言

我一直都是讀小說的人，居然可以寫一點小說了，希望未來可以繼續加油。謝謝印刻來到我的家鄉舉辦文學營，讓我跨出那小小的一步，也謝謝評審的肯定。還有謝謝一路以來，傾聽我對文學的迷惘與決定的S。

小說類

佳作

謝淑帆

# 〈下午的一通電話〉

「您好，請問是張辛小姐嗎？」

「您好，我是史達購物的客服人員。您兩日前於本公司購物網站購買書籍，費用總共是四百零一元，但不小心填成分期付款，如果您不及時處理，之後的每一期就都會從您的戶頭中扣除四百零一元，您必須要……。

張辛小姐，您聽得懂嗎？」

「喔，不好意思，把您的名字念錯，張幸小姐。那個，我沒有騙您啊！是的，您說分期付款部分不合邏輯，您是覺得哪個地方不合邏輯呢？」

「喔，是這樣的，因為電子商務軟體設計的關係，您在使用網路選購商品的時候，如果沒有將分期的選項勾選取消，訂單就會自動……」

「為什麼您不相信呢？四月一日您有上網買書，對吧！既然有買書，錯誤是有可能發生的事啊！為什麼不可能呢？」

「等等，小姐，請您不要掛電話……請問您有什麼好建議嗎？我哪裡講錯了？要怎麼樣說別人才會相信呢？您說您是個老師，專門教口語表達，那可以教我嗎？」

「一個小時一千塊嗎？好，我可以直接拿錢給您，要學幾個小時？要約在什麼地方呢？」

「小姐，拜託別掛電話，我沒有騙您，我真心的想請您教我。我知道這件事情很不合理，但謝謝您沒有掛我電話……請您聽我說一下吧！

原本我有個稱得上是幸福美滿的家庭，婆婆人很好、收入還勉強過的去、生了個可愛的小女孩，我女兒真的長得很可愛。您有看過一個中華電信的廣告嗎？兩、三年前了吧，一個小女生打電話給國外的爸爸……」

「喔，沒啦，我只是想說，我女兒長得很像廣告裡那個小女生啦，不好意思，那我再繼續講我的事情。」

「後來發生了什麼事喔？事情很多啦，不過，我想應該都是從我老公被辭職開始的！他現在是我前夫了。他是個水泥工人，喔是以前啦，他現在自己根本就一灘水泥了。就有一次工作完成後老闆只給他一半的薪水，他就氣得跟老闆大吵一架，啊老闆就把他炒魷魚了。其實喔他也不是脾氣不好，做工的人賺的都是辛苦錢又常常被欺負，薪水比本來說可以領到的還要少也不是一次、兩次了，只是那次特別誇張，他才會這麼生氣。那個老闆也真是的，答應別人的工資怎麼可以只給一半呢？

從那個時候起他就變了一個人，也不找新的工作，每天只是不斷的喝酒，每天都在埋怨老天爺，說世界上的每個人都是騙子。那陣子啊，我們每天最重要的事情就是吵架。那時候小孩還小，本來我只負責照顧小孩，但是一家人都沒賺錢那要怎麼生活呢？我婆婆年紀也很大了，沒辦法工作，所以我只好去賺錢，把小孩交給婆婆和他照顧，雖然這讓我不太放心，但又能怎樣呢？

我沒讀什麼書，只能去工廠當女工。工廠是鐵皮屋，在裡面工作，冬天的時候，很冷；夏天的時候，常常熱得滿頭大汗。有時候喔熱到我都覺得自己像蝦子一樣，全身紅通通的要熟了。不過，辛苦歸辛苦，但是起碼三餐有得吃。我也常勸他，工作再找就有了啊，但是他聽不進去，還會罵我，說：『妳厲害，妳去賺啊！』我也沒有說我比較厲害，我在賺了，不是嗎？每次跟他說，他都會見笑轉生氣，有時候還會摔東西，久而久之我根本就不想再說了，只能認命。

這樣的生活我過了好一段時間，每天辛苦工作回到家，迎面而來的卻是滿屋子的酒味，您能夠想像嗎？我好生氣喔，每天都會跟他大吵一架，每天都像在打仗一樣，傷得體無完膚，那段時間啊我的眼淚多到大概可以裝滿一個游泳池吧！為了小孩，我一直忍，告訴自己，終有一天他會清醒的；終有一天我們家的日子會恢復原狀的。

終於，到了那一天……

那陣子，工廠賺了不少錢，老闆心情很好，決定要發獎金給員工。我領到工廠發的獎金，好高興，那筆獎金是額外的收入，我可以幫阿銹多買幾件漂亮的衣服，多買幾個玩具。啊，阿銹是我女兒的名字啦！那天，我幾乎是用跳的回家，把一天的辛苦都忘得一乾二淨了。

回到家後，酒臭味依舊，那種感覺好像人家說的從天堂掉到地獄。雖然不再那麼興奮，但我想我的嘴角應該還是掛著笑意吧！他看到我的笑容，可能覺得很刺眼，或是那失蹤已久的男性自尊突然出現了，開始講一些很不堪的話攻擊我。我後來才聽說那可以叫作語言暴力，是可以去法院告他的，但是，您想想看，我們這種沒讀書的女人又怎麼會知道那樣的事情呢？

他說：『笑得這麼淫蕩，在工廠勾引到男人了嗎？』我不想理他，進去廚房準備煮晚餐，但是他不肯罷休，追著我問：『妳跟別人上床了嗎？爽嗎？』我氣到想打他，看能不能把他打醒。我真的很懶得跟他吵，他就罵我是賤貨……

之後他罵的話我不想再說下去了，因為那實在是有夠難聽的，我想喔，他差不多把他會用的髒話都用出來了。我本來不想回他的，但是他罵到最後竟然連我爸、媽都罵進去，不給他吐回去，我實在吞不下這口氣。我的命有這麼賤嗎？只有他是人，我不是人嗎？雖然我爸、媽已經過世了，但他們在的時候我也是他們的心肝寶貝啊！我才回他幾句，他就開始摔東西。平常他偶爾也會摔東西，但是那天他幾乎發了狂，家裡就沒錢了，他還把所有要用的東西都摔個稀巴爛，我的手臂在混亂中，被空中飛舞的碎玻璃畫出了一道疤。

那天，我就知道喔，一切回不去了。

我受不了了，我要和他離婚。這一切都是他的錯，但是他把錯全部歸在我身上，說我在工作的時候認識別的男人了，說我和別人相好，還罵我是賤人。我每天到工廠辛苦工作，忙得像條狗，最好我有那些美國時間和體力去找男人啦！真的要說誰會偷吃，整天閒閒在家喝酒、看電視的人不是比較有可能嗎？

幾天後我就結束了這段婚姻。

還好我沒什麼錢，不然他大概不會這樣輕易放過我。離婚後他要再繼續說我討客兄我也不管了，他要一直懷疑別人是他家的事，跟我再也沒有關係了！簽離婚證書的時候他還在那邊一直牽拖，說我婆婆以前也騙他說他爸爸死了，長大後，他才發現我婆婆是別人的小三，而他爸爸根本就還沒死。

他說女人都不可以相信。我婆婆真的很可憐，她也不是故意當人家的小三，是那男人沒說自己已經結婚了。她辛辛苦苦把小孩養大，年紀大了不但沒辦法好好養老，還要被兒子糟蹋，情何以堪。

為了要順利跟他離婚，脫離苦海，我連阿銹的監護權都放棄了，這件事是我心裡最大的遺憾。我可憐的女兒只能跟她沒用的爸爸生活在一起，我覺得自己真的好自私。

不過，我啊一點都不後悔當初做了離婚這個決定。老實說除了擔心小孩外，我還挺喜歡離婚後的生活。我住在一個小小的房間裡，雖然房間裡只有一張書桌、一張床、一個衣櫃，但至少再也沒有酒味了。一開始我常夢到女兒，在夢裡她常常在哭，她哭我就跟著哭。半夜，有時候哭到快喘不過氣來。我還養了一些魚，睡不著的時候，我喔就會瞪著水裡的魚發呆，心想：這些魚就住在小小的魚缸裡，看起來也那麼快樂，我這間套房小雖小，比起這個魚缸也大多了，就算喔把阿銹接來一起住也住得下。

天哪，您知道那時候我有多想把女兒接過來嗎？

後來就稍微好一些了。雖然偶爾還是會覺得有些孤單，但是離婚後自己賺的錢全部都自己花，生活其實還挺自在的。說到這裡，您應該覺得我很矛盾吧！我說我過得挺自在的，那我為何不好好當個女工就好，現在在幹什麼？

喂？您還在嗎？」

「謝謝，謝謝您，再聽我說一下就好了。

我離開之後，他靠低收入戶的補助過生活，只是吃三餐應該過得去，我雖然很氣他，但我相信他應該不至於讓女兒餓肚子。我女兒沒上幼稚園，這是我後來才知道的。前陣子她讀國小一年級了，我常常趁著上學、放學人比較多的時候到學校偷看她。工廠沒排班的時候，我就會趁她們上課偷偷溜到教室外面偷看。我的阿銹好瘦喔，書包都比她還要胖，好像風大一點就會把她吹走，她爸爸到底有沒有讓她好好吃飯？

因為我的行為太奇怪了，老師找我到辦公室談話，可能怕我會傷害小朋友吧！我說我是阿銹的媽媽，老師可能怕我騙她，一直在觀察我，她喔好像知道我們阿銹只跟爸爸過生活，假使我真的是媽媽也怕我來偷偷把阿銹帶走，她大概擔不起這個責任吧。老師叫我下次不要再到教室附近，會影響到小朋友上課，有問題可以問她或是問她爸爸。說來也真是悲哀，我看我自己的小孩卻好像犯了什麼法一樣！您一定覺得很可笑吧！」

「後來我雖然沒有再靠近教室，但偶爾上學、放學的時間還是會到學校附近，幸運一點喔就能看到她，當然也會看到她爸爸，每天都是她爸爸載她去上學的，所以我也不敢靠他們太近，如果被他看到，我怕他又會在那裡起肖。他發瘋的樣子喔，光想到我就緊張。有時候我也會打電話去給老師，老師後來好像比較相信我不會做什麼讓她困擾的事，所以會告訴我阿銹最近的狀況。

有一次老師跟我說，她聽到其他小朋友問阿銹：『妳媽媽呢？』阿銹只是說：『我不知道那個人在哪裡。』老師說看起來阿銹很不開心，看來是很想念媽媽，建議我跟她爸爸商量，看能不能偶爾讓我過去看看阿銹。我以前也有想過要跟他談這件事，但他天天醉，難得清醒，清醒的時候就是在找酒喝，我實在沒辦法好好跟他講話。我聽完老師講的話心裡很難過，不能去看阿銹就算了，更難過的是喔，我的阿銹叫我『那個人』，她不知道有多討厭我。」

「（擤鼻涕聲）不……好意思，囉哩囉嗦，講了這麼久還沒講到重點，就說我要跟您學習怎麼說話。您人真的很好，不愧是一個老師，很有耐心的聽我講這些五四三，我們家阿銹要是給您教到不知道多好，搞不好也不會變笨。」

「也不是變笨啦，他們老師說有可能是什麼……發展遲緩啦，可是後來又說應該只是沒有讀幼稚園的關係，很多東西其他小朋友在幼稚園都學了，她都還沒學，所以會比較慢一點，老師說喔會幫助她叫我別擔心，啊我們做媽媽的，聽到這種事情怎麼可能不擔心，您說是不是？」

「說到這個我就很火大，她爸爸聽到這個消息竟然不是關心她要怎麼跟上進度，反而希望老師利用發展遲緩的名義來申請補助。這個老師說起來也是不錯啦，就給他拒絕，說阿銹沒有這麼嚴重，沒想到他就到學校大吵大鬧，搞得老師很無奈，最後只好說會幫忙注意有沒有其他的補助。他喔真的很過分，寧願利用阿銹，讓她被當作笨小孩，也不願意去工作！您說這個人是不是很可惡！」

「我好像太激動了，謝謝您幫我罵他。他搞不好喔以為自己會申請補助很厲害，一個人好手好腳只會申請補助，要是沒有補助，我看他就要去當乞丐了啦！

我真的很想念阿銹，請問一下您有小孩嗎？」

「這樣喔……如果您有小孩就會了解我的感受。之後有一次我又去學校附近偷看，我看到我婆婆來接阿銹，她看起來又老了很多，背好像沒辦法伸直了。我婆婆雖然寵兒子、拿她兒子沒辦法，但是對我和阿銹還滿好的。我婆婆年紀不小了，平常很少騎摩托車，通常都是她爸爸來接她，那天看到我婆婆來載阿銹，我很好奇，他咧？發生什麼事了？

小朋友們陸陸續續走出校門，每個看起來都無憂無慮，臉上掛著大大的笑容，真好，如果喔我也能這樣該有多好！在混亂的人群裡面喔，我一眼就看到阿銹了，她那天肯定在學校發生什麼好事，和朋友聊天不知道聊到什麼話題，笑得東倒西歪。但是奇怪的是喔，阿銹看到阿嬤，笑容就都不見了，我就覺得很奇怪啊。

我婆婆平常對阿銹很好的，也是因為這樣，離婚的時候我才敢把孩子放在他那邊！老人家喔身上沒什麼錢，用錢還怕給自己兒子看到，都要偷偷用。晚上要煮飯了她連燈都捨不得開，說有瓦斯爐的爐火照明就夠了，但是啊，只要我們阿銹需要的東西，她就會盡力去買。我婆婆對阿銹真的是很好，如果有下輩子喔，我是很願意去給她當女兒啦。

那天阿銹看到阿嬤的臉色不太對，不知道為什麼？我好像看到她在發抖，當時我懷疑我到底有沒有看錯。我心裡有很不好的預感，一顆心喔七上八下，所以我決定跟在她們後面回家，想看看到底發生什麼事了。

真的好久沒有回到那裡了，那個家看起來和以前差不多。房子都沒變，為什麼人就會變這麼多呢？遠遠的，我沒聽到我婆婆跟阿銹說了些什麼，只是覺得她們的腳步好像很沉重。

我一走近房子就知道為什麼了，他喔又在發酒瘋了，那個肖仔。『匡啷！砰！鏘！砰！鏘！』房子裡面傳出來的聲音讓我的回憶又湧上來了，我氣到好想大吼，氣到緊緊握住我的拳頭。我很想馬上衝進去把小孩帶走。我人還沒衝進去就聽到他說：『恁娘咧！阿銹妳回來的剛好，妳要記得是恁爸養妳長大的，那個查某人說我沒賺錢都要靠她養，我好歹也有申請補助來養妳，要跟別人跑了還說的那麼好聽，笑死人！』

我聽到這些話，氣到差點昏倒，他竟然這樣跟阿銹洗腦，說我跟人跑，阿銹每天聽他講這些話，不知道會多痛恨我這個自私的媽媽。

我其實沒有忘記阿銹可能每天過著這樣的生活，我喔只是假裝忘記，不停的催眠自己：她爸爸可能改變了，他會好好照顧阿銹的。該死！我的阿銹一定很害怕吧！我真該死！我真該死！」

「那個男人還真敢講，申請補助也算是他的功勞？都拿去喝酒了吧！

我聽學校老師說，每次阿銹早上到學校時，都會望著別人的早餐，一副很想吃的樣子。老師問她有沒有吃早餐，她都說她吃飽了。老師上次問她爸爸，她爸爸還說：『聽說學校會發點心，來學校再吃就好了，不用吃早餐。』他不知道從哪裡聽來的，還是黑白講的，氣死我了！光想到阿銹那段時間都餓著肚子，我就覺得很對不起她。老師跟他說沒有發點心，請他要先讓阿銹吃早餐再上學之後喔，她爸爸才好像有準備早餐給她吃。中午班上吃剩的營養午餐，老師還會打包讓阿銹拿回家，人家這樣幫忙，啊他是有花到多少錢去養這個孩子！

說我跟別人跑，我是要跟誰跑？我真的好冤枉，我覺得自己好沒用！

後來沒有摔酒瓶的聲音了，我抬頭看向阿銹的房間，剛好看到阿銹從她的房間失神的往外看，不知道在看哪裡？她明明就沒做錯什麼，卻好像被關在監獄裡的罪犯，一點生氣都沒有。那時候我喔硬是忍住想衝進去的衝動，我知道衝進去只會讓事情更糟糕，我根本就沒有辦法搶走阿銹，我沒想到自己居然可以這麼冷靜。您知道嗎？那時候我還討厭自己那麼膽小。

後來，我又回到自己租房子的地方，我根本不記得我怎麼回到家的。那天我哭了好久。隔天起床想到滿屋子摔爛的酒瓶和阿銹害怕的表情喔，我的眼淚就忍不住又掉下來。她才這麼小，有辦法承受嗎？」

「一直到工廠打電話來問我怎麼沒有去上班，我才擦乾眼淚去上班。我記得很清楚，那天下著大雨，是七夕情人節。因為那天我遲到，工資被扣了好多。

即使已經離婚好久了，遇到對我有興趣的男生，我喔還是會跟他們說我結婚了，而且已經生了一個女兒。有好幾個男生的條件都很不錯，比她爸爸好太多了。但是我都不能接受，我這麼做喔，為的就是要證明我的清白，不想之後被她爸爸拿到痛處，說：『看吧！妳媽就是在外面有男人才這樣。』

但是，我這樣堅持好像沒用，她爸爸還是這樣亂說話，我好擔心在阿銹的心目中，我就是賤人！

那兩天我都睡不好，我實在無法再忍受了，我要見見我的阿銹。我到學校找老師聊了一下，拜託老師喔讓我在學校和阿銹見一下面。我告訴老師我怕在校門口和阿銹聊天被她爸爸看到喔，她爸爸會發神經。老師最後答應我了，真的很感謝她。在打掃時間的那二十分鐘，老師說會讓我和阿銹在輔導室聊天。

等待老師把阿銹帶過來的時候喔，我的心情真的很難形容，有一點興奮又有一點害怕，腦筋一片空白，不知道第一句話該跟阿銹說些什麼。阿銹來了之後，老師把輔導室留給我們兩個，阿銹愣愣的站在門口，輔導室很小，但我卻覺得我們的距離好遙遠。陽光亮得讓我看不清楚阿銹的表情，我不知道衝過去抱她，她會不會嚇到。

我們站了好一會兒，安靜的。後來我鼓起勇氣往她身邊走去，一蹲下來準備抱她，她很用力的把我推開，後退了幾步，問我是誰？

我說我是她媽媽，她說她沒有媽媽。我現在想起她那時的眼神，全身就覺得很冷，鼻頭都酸了起來。

當時阿銹轉頭就要離開輔導室。我在後面追著她，哭著跟她說：『阿銹，媽媽對不起你，媽媽知道你很氣我，我是逼不得已的，媽媽很愛你，我也想帶你走啊。阿銹，媽媽對不起你，我對不起你。』

我追到她面前，傷心地搥著自己的心，恨不得把心挖出來給她看，我有多愛她，一抬頭我就看到她的眼淚，眼淚一滴一滴打在我的心上，我立刻緊緊抱住我的阿銹。她趴在我身上哭個不停，我只是輕輕的拍著她的背，一直跟她說：『我的女兒，我的乖女兒，媽媽對不起你』。

我們什麼都還沒聊到，老師就在外面敲門提醒我要讓阿銹去上課了。我告訴阿銹：『你再忍耐一陣子，過一陣子媽媽去把你接回來，你不要怕。』直到老師開門前，阿銹才輕輕的叫了我一聲『媽媽』，跟我說：『快點來接我！』，說完，老師就打開門叫阿銹去上課了。

我站在原地看著阿銹的背影，腦海中不斷的浮現『我的阿銹不恨我，她希望我快點去接她，她希望我快點去接她。』現在回想起來喔，阿銹說話的聲音，還清晰的迴盪在我的耳邊。從那天起，我就決定要多賺一點錢，想辦法用打官司把小孩搶過來。」

「我沒有很好的學歷，工作怎麼找都是女工，要存錢真的好難，我真的盡力了。時間一天一天的過去，我越來越著急、越來越焦慮。有些工作掛羊頭賣狗肉，有一次我差點就去當酒家女了，但是我不敢，這是我最大的底限。後來，我聽說這個工作很好賺錢，我才來做這個工作的，雖然騙人也不是一件多好的事。

您看我講這麼一大堆又沒什麼重點就知道喔，我從來沒有成功過。我努力地背下這一大串詐騙台詞，每次都要記得說填錯了、分期付款、法院傳票，然後語氣還要很嚴肅、很正經，有時候還要用恐嚇的……。但是，幾個月下來，常常被掛電話就算了，就算喔沒被掛電話，一通電話講到二、三十分鐘，結果才發現是我被人家整了，真的好累。很多人都像您一樣問我沒有新招嗎？不然就一直對著電話罵髒話，我聽了喔真的很難過。」

「沒有，我一直都沒有成功，我想大概是因為這些說詞也騙不了我自己吧！您應該覺得很荒謬吧！詐騙集團的人居然請教您。

謝謝您沒有掛我電話，也謝謝您勸我，我也覺得我很不適合騙人。」

「您是這樣認為的嗎？

我就老實告訴您吧，其實您被騙了，剛剛我講了這個故事是我編出來要讓您同情的，聽起來很像真的吧！看來喔我很適合去寫小說，說說故事，搞不好會因此而賺大錢。您剛剛還說我的詐騙方法很老套，這樣的詐騙方法不老套了吧！」

「您說我說這個故事要怎麼騙您，要騙您什麼？這通電話喔您接越久，就要付越多的電話費，我就是賺這電話費。」

「電話費能賺多少？電話線轉到國外再轉回來，您覺得能賺多少？

謝謝您，我剛剛是真心的很想請您教我如何說話，不過現在我想不用了。

謝謝。嘟……」

電話被掛斷後，張幸愣愣的瞪著話筒有十分鐘之久。她皺著眉回想電話那頭剛剛究竟是發生什麼事？電話是怎麼開始的？她怎麼會就一直聽下來呢？說著故事的時候，電話那頭的聲音如怨如慕，如泣如訴，讓她幾乎要跟著流淚了。但是到了最後，那女的卻又振振有詞的說，這是一通詐騙電話？

光是聽故事就會被詐騙？自己是被騙走了什麼？

張幸癱坐在椅子上，午後的日光像是害怕被發現，偷偷地移動著。

過半個月，張幸的電話費帳單來了，她吊著一顆心拆開，仔細比對之後，費用只比平常多了十幾塊。

她突然有點擔心阿銹。

# 謝淑帆

台中教育大學語教系畢業，千樹成林創意作文教師。喜歡在每一趟自助旅行中，尋找每條小巷的奧妙；也喜歡在每一次的創意課堂中，發現每個小孩的獨特。

## 得獎感言

謝謝作品讀書會的各位，謝謝貓印子大大，謝謝文學營，謝謝我自己。

小說類

佳作

# 芒神

曾達元

兩個禮拜前，隸屬的單位正進行軍團對抗演習，營長為了年度考核，視這次作戰為首要任務，為搶先於指定的相遇點做好準備，便加緊每日行軍路程。本次的軍事訓練基地位於北部軍事管制山區，電線桿沿著山路根根豎起，杳無人煙。過了幾座山往南抵達一片芒草漫生的高原卻突然停下，前方遇上地圖上沒有標示且深不見底的茂密木林。

謠傳某一搜查小隊進入林內後便失聯至今，區域內沒有立即可用的衛星圖做量測觀察，一切都只能靠軍事地圖做判斷，在評測風向與時刻後，長官便下令先在此紮營，另重組幾支小隊，沿著森林邊緣設立哨點，好防範敵軍來襲。

與我同組的上士班長，他的全名我實在不記得，他應該大我不過五歲，輩分關係我都稱他學長。他一直都是吊兒郎當的痞樣，時常張口豪邁大笑，那兩顆虎牙有著多年菸齡的黑漬，下排左側臼齒的金牙閃亮的刺眼。雖然講不出什麼正經話，但學長不愧是多年負責野外訓練的教育班長，近十年的軍人生涯，挖坑洞對他來說根本小家子事，哪裡的土軟土硬都能夠快速判別，他先是叫我好好地挖他指定的地點，隨後在一旁弄了幾個較淺的假坑洞，以樹枝交錯再鋪疊落葉，插上幾根芒草，根本分不出來虛實，是一個完美偽裝的陷阱。

我們躲在坑洞裡駐守，一搭沒一搭閒聊，大略是這陣子碰到哪些天兵，又或者哪個長官下了什麼無腦的決定而我們只能咬牙隱忍，盡是些老兵的幹話。

•

晚點名結束，正要放大家回哨點與就寢，遠處一束直亮的黃光橫掃而過，來輛軍用悍馬車。車上有兩個人，均是負責部守森林另一邊，第二小隊的士官。

「雪長，」中士班長的口音帶有台灣山地腔：「尼們有沒有看到我家的桶信兵？」還用手比了比他的體型，深怕我們不知道他的通信兵有多肥胖。

「沒啊，這裡只有我們第一小隊。」我們的隊長回應。

「他港剛縮要去收……收訊好的地方跟參謀『呼』狀況啊。幹，呼一呼人就不煎了。」

班長顧不得正確的讀音，著急地說。

「向上回報？」

「幹，絲定了。」原住民班長拍了方向盤，碎了幾口髒話。

一旁的士官長低聲而無奈地說：「演練期間班兵不見，被懲處定了。」嘆了口氣「幫我們多留意一下吧，還得想該怎麼跟上面交代。」說完，便驅車離去。

·

半夜突然醒來，感覺一陣夜急。出帳篷冷風迎面颳來，上下排牙齒不聽使喚地相互碰撞，心想隨地找個能遮掩的地方快速解決吧。

拉鍊放下，一陣溫熱舒爽。結束之際，前邊的草叢卻傳出不明的聲響。「唰唰」某種物體正在拖移著，仔細一聽還有幾串鈴噹清脆地搖晃，聲音漸漸靠近、漸漸清楚。

明知這是個詭異的情況，卻不自覺地想一探究竟。我撥開一叢芒草桿，正巧烏雲散了幾些，透下一道道乳白色的月光，定睛能瞧見遠方芒草間有一影紅色的人形。祂頭戴金色鳳冠，最尖端有幾個寶石正發亮著，邊角的鈴鐺隨著祂的步伐震動。祂身穿暗紅色的霞帔，特長的白色水袖滾著青邊，臉色極為死白，更凸顯那緊閉的細唇沾著像是染血的鮮紅，僵硬的微笑而不露齒，丹鳳眼眶吊的老高，彷佛戴了一頂面具。

紅衣人後方跟了個兩名黑衣馬褂，一名駝著背拐著步伐，應該是名老翁，對照下另一名高長許多，但卻像是稻草人般，露出瘦長而垂掛的手骨；雖然光影昏暗，仍依稀可見兩人都掛了個大腮鬍，亦都拿著一把深色紙傘，一行跟在紅衣人後方悠悠地走著，祂們的影子在芒穗間漸漸拉長。

不久，祂們在一大石頭前停下腳步，紅衣人先是緩緩抬頭，對著不見一大半的月亮，發出類似夜鷹的啾啾長叫，而我正想向前伸手撥開芒草看個仔細，卻被一個手掌抓住，壓坐在地。

「惦惦。」是學長。

鳳冠的鈴鐺震動不止，持續對著天空發出長聲鳴叫。

「啣呀——」從芒草桿之間，衝出幾隻鳥，在祂頂上繞了兩圈隨即進入雲中。

祂們動身悠悠離去，晃進那片森林，學長才放手讓我爬起身，「遇到『魔神仔』不可以亂看亂跟。」

「你怎麼知道那是『魔席啊』。」我試圖念出正確的腔調。

「沒聽過『魔神仔』都住在山裡喔？看見祂們很正常吧。」我心想這哪裡正常「抽根菸，壓壓驚啦。」本來不覺得可怕，被他一說可能是看見「那個東西」後，不禁背脊透出一股涼意。

無語地將菸抽完後，他才對我說：「欸，客家仔，『魔神仔』的客家話怎麼講。」為什麼他可以無所畏懼的講出魔神仔。

我想了一下：「芒神。」

「芒神？芒草的神喔？客家話好像比較貼切這裡的魔神仔喔。」

從沒想過芒神與芒草有關，我以為只是漢字諧音，不過被他這樣一說，在芒草裡晃蕩的「芒神」，似乎非常貼切。

捻熄菸蒂後，學長接著上哨，而我便回進帳篷裡。不知為何，自演習開始都沒有睡好的我，但這天卻能一覺到清晨，完全無夢。

•

隔日拉開帳篷門布，眼前周圍盡是大霧瀰漫。

早飯遲了半小時才從本部送來，這趟負責駕駛的是中尉連級人士官，矮小而尖嘴猴腮，旁邊坐了營輔導長，轟隆轟隆的壓草而來，在我們隊伍前停下，人士官搖下車窗說：「霧太大了，差點迷路。」

「今天會收嗎？」隊長問。

「還不行，下午旅級長官會來督導，而且據本部探查，紅軍他們真的隨時會攻過來。」

輔導長接著示意隊長到他面前，低聲地說：「營長說要再進去探查，行吧？」他指著前面的叢林：「雖然不能用網路連到國家資料庫，但測距離這森林過去應該就是河道，到時候從河的對面，就可以看到紅軍到底在哪裡。」

「不行！霧太太，很危險。」隊長指著我：「我這還有義務役，出事情不得了。」

「前天先進去探查的小隊還是沒有下落，另邊二隊通信兵也不見，營長每天都非常煩躁，如果還打輸對抗，到時候你我都不好過，總之設備都幫你準備好了，好不容易搞到全新的，你們進去探查一下就好。」雖說大家都不想進入森林，但畢竟是營輔導長親自傳遞信息，也與其私下交情好，所以得顧些情面。

他們從後座拿出幾台全新軍用手持無線通訊設備以及幾張推算出來的地圖給隊長：「一定要隨時掌握人員情報，注意安全。」

他們離開後，隊長回頭跟我們下達命令，依照哨點兩兩一組著，拿起粗略的地圖比劃著：「定時定點回報，別亂走。」

看著那似乎沒有盡頭的森林，我突然想起昨天的紅黑三人，心想：「我們真的要進去這個森林嗎？」

進入之後才明白這裡為什麼會這麼幽暗，濃霧加上參天林木，遮蔽了大半陽光，一路巨樹盤根錯節，一會矮林混雜，又有竹林交錯，樹種之多不禁令人感到納悶，過與不及都給人幾分詭譎。

我們劈開擋路的荒草樹根，走的越深，訊號是越來越不清晰，到後來只剩下「滋滋」作響，我拿出野戰背包裡預備好的指南針，一路向南，學長邊將削下的樹枝斜插進土，沿路做記號，約莫過了兩小時，樹林變得稀疏，不遠處真的看見那河道。

「欸，你看。」學長往山下指，前方黑灰的餘煙裊裊上升，敵軍掛起的紅旗仍飄揚著，駐紮地就河岸對面的那片高地。

我拿起望遠鏡勘察，他們大多已整隊完畢，另一批隊伍正連綿行軍往西北方前進。我攤開地圖，原本他們應該與我們交戰在河岸這側的平原，但他們卻一路向西北側前進，大概是想走橋過河，再轉入山間，太陽角度不高再過一兩小時便會下山，選擇現在出發，那肯定是要向我們來個夜襲。

「欸，過橋後就會攻山，要快點通報，不然他們就會繞到我們正後方。」我說。

學長用力地拍打通訊器材，頻道終於恢復正常，他按下按鈕呼了口號：「飛鷹、飛鷹請抄收。」

「飛鷹抄收。」立即收到指揮部通訊兵的回應。

「啾——」藍色的天空，傳來一聲夜鷹鳴叫。

學長拿著地圖對照者邊緣的記號：「黑狗所在位置８６Ｙ復興Ｃ１３，現在時間么四……欸？」他敲了敲手錶，對著我說：「欸，我手錶壞了。」

我看了看我的錶，畫面上電子條帶全數亮起，怎麼操作都毫無反應。

「黑狗請重複訊息，抄收。」指揮部的聲音開始有點沙啞。

「啾——」又傳來一聲。

「黑狗偵查敵軍動向，」我趕緊再攤開地圖，幫忙指點：「紅軍先鋒步兵８６Ｙ復興Ｄ１３方位，已向北Ｃ１３前進，敵軍要發動夜襲，請抄收。」

「紅軍先鋒步兵……復興……Ｃ……１３……夜襲……抄……收……」頻道又回到滋滋聲。

「幹，又沒有訊號了。」

太陽已經沉入山間，留下殘餘的微光，烏雲漸漸飄近，還可以嗅到雨的氣息，我們立即返回林間，雖然又更暗了一些，但一路向北總能夠離開。然而原本做的路徑記號竟全部消失，不但如此，連指南針亦亂轉個不停無法發揮作用。

「啾——」「啾——」「啾——」「啾——」夜鷹仍此起彼落的叫著。

光線快速變暗，隨後果真一場大雨落了下來。

換上墨綠色斗篷式雨衣的我們，胡亂迷失在林間也不知過了多久，只知道周遭已全然漆黑，在開啟頭燈的光影下，這林間更加詭異。

好險我倆找到幾個巨大岩石所構成的山洞，野戰背包裡的裝備還算齊全，尤其多備的營養口糧撐個幾天不是問題，我們從洞中清出一個區域，學長點起防水袋的火種，紅光升起，架起枯枝暫時曬起我們濕透的迷彩戰鬥服，我負責拿著水袋到外頭裝雨水，隨後在火堆邊排起一根一根濕透的菸。

「無線電還是沒回應？」我問。

「沒回應，大概被雨淋到壞了。」學長試圖想緩和這緊張的氣氛，「等天亮之後跟著太陽走，就能出去了。」

飯後雨勢稍微趨緩，學長不斷亂轉頻道嘗試應答，意外地卻接收到一個頻道在播放古典音樂，著實怪異，但至少在這樣的夜晚，可以暫時忘卻那不安的心情。突然想起來，小時候曾經在菜市場裡面迷路，在慌亂之中，周圍的聲音彷彿都變成聽不懂的語言，現在想想應該是客家話，我理當聽得懂，但當下我卻覺得像是來到別的世界一樣，沒有辦法對外求援的無助感。

「你很適合當軍人啊，幹嘛退伍？」我說。

「結婚。」他看了看菸，裹著菸草的白紙似乎乾了些，但濾嘴仍然含著水氣：「我想要找一個可以多陪家人的工作。」我才發現他左手無名指戴了銀色戒指。

「你要結婚了？」

「其實已經登記了，這次任務回去就會開始放婚假，加上之前的慰休，我幾乎是爽放到退伍。」他又咧嘴笑開懷露出金牙，他接著說：「那你退伍要做什麼？」

「去台北找工作。」

「客家鄉親不回老家喔。」

「我家附近沒什麼工作機會，在台北找還是比較方便。」我說，「學長你哪裡人？」

「我從小就一直搬家，所以我不知道我算是哪裡人。幾分之幾的台北幾分之幾的台東幾分之幾的台南，很多地方啦，反正都是在台灣繞來繞去。」他終於找到完全烤乾的香菸，點起一根抽了起來：「終於要有家啦。」

「恭喜。」我硬擠出的吉祥話，他苦笑著幫我找了根烤乾的菸，點起火。

我裹上軍毯，聽著雨聲滴答滴答睡去。

山林靜謐的詭異，依稀又聽見幾聲夜鷹的鳴叫。

迷迷糊糊地當我再睜開眼，卻是異常寂靜，看看手錶仍然當機，學長已經整裝完畢站在洞口旁邊，卻是出神地看著外頭。

「學長，可以回家了嗎？」

「任務結束後馬上回家。」他沒回頭。

「任務什麼時候結束。」

「就快了。」聲音越來越模糊，「就快了……」，濃霧漫了上來，他的身影消失在霧中，我向前追去，迷霧卻又瞬間散去，外頭的月光下，原來是片芒草連綿的山坡，遠處的山像是躺下的巨人，山比夜還要深黑。

風吹得芒草，沙沙地輕輕搖晃著。

又一聲鳴叫，睜開眼，前方是浮現搖搖晃晃的鳳冠，叮叮噹噹發出清脆聲響，那個紅衣人好像比之前又更為高大，原本只高過那兩個黑衣人半顆頭，現在幾乎是兩層樓高異常巨大，芒草遮蔽它的下半身，但還是可以感覺到祂唰沙唰沙地緩步移動。

我卻絲毫不覺得恐懼，就這樣一路跟著祂們一起晃蕩，晃蕩在山裡，晃過芒草，晃過樹林，一直朝著月亮前進，那是個好大好白的盈月。

「喂。」被學長一巴掌拍醒，才發現作了個大夢，還掛起微微的兩道淚痕。

「別睡了，聽。」我戴起眼鏡，才能仔細判斷那是從洞外傳來的聲音，也許是敵軍正在接近我們。隨便收拾一些重要的裝備，便躡手躡腳地走出洞口。

雨停了，還是深深的夜，往外看月亮不是夢中的月亮，回到了上弦月，鉤子一樣像被黑夜吞噬大半，但幽光卻已足以分辨四周環境。洞外是一大片竹林，一個小男孩正蹲在竹林裡的石頭上，不斷地轉弄著手持無線電，那並非我軍的標示，大概是敵軍的設備。

我倆低聲商討，也許可以拜託他帶我們出森林，於是我便向那個男孩叫了一聲，但他卻沒有停止的意思，他先看看我又回去轉弄那台無線電，我們試圖靠近他，才發現那滾滾的眼睛深黑如無底洞似地令人畏懼，他拎起那台機器往另一側跑，那是重達十公斤的配備，一個小男孩拎著它奔跑實在異常，我們也沒想太多，只一股腦地追在他的後面。

一下左轉，一下右轉，轉瞬間便消失在竹林裡，我們喘著氣，太陽已漸漸升起，學長身上的隨身無線電突然自動傳出頻道的聲響，我們往聲音越加清晰的方向走，直到看見一個詭異的場景，學長趕緊把設備關閉。

在竹林間，落著一片草地，還有條小溪從中橫過，六或是七個穿著迷彩服的人，在四散的石頭上有坐有站，身上都背著國軍通訊器材，天線被拉得老高，而且很明顯地皆朝著同一方向望去，便是那身著鳳冠霞帔的傢伙，身高似乎又變回初次見的那樣。所有人面無表情，睜著眼卻不眨，瞳孔黑得像那個小男孩一樣，每當鈴鐺晃動一下，通信器材裡便傳出各式各樣的聲音，即時新聞、廣播劇場、語文教學、談話聊天、流行搖滾、古典音樂還有地下賣藥等等。

這陣吵雜讓我想起夢中常常出現的菜市場，好多好多人的聲音同時混在一起，就像那次迷路，好多好多人在說話，卻是一種茫然無助，恐懼與害怕頓時湧上心頭，令我眼眶突然濕了一圈。前額開始有些疼痛，我按起虎口想藉由另一個疼痛讓我保持輕醒。

突然一個砲擊聲傳來，鳥群從林間飛起，驚恐得拍翅亂叫，在好些距離處，一面削平的山坡上，砂石飛揚交錯、混頓不清，土地隱隱震著，這聲砲擊是兩軍即將開始軍事對抗的暗號。

紅衣人受到干擾，直直僵硬地倒下，臉上的微笑卻毫無改變。

那名老黑衣人發出吼叫，所有的通信兵轉身往八方望去，各個黑眼無神，似乎在搜查什麼。另一年輕的黑衣人則輕巧地蹬上竹林頂端，打開傘一路飄踏朝向砲擊山壁之處。

我與學長不敢出聲，看見紅衣人倒地後身體呈現扭曲怪狀，過一會卻又自行凹回本來的樣態，緩緩地站了起來，隨即發出一聲長鳴，所有人又回復各種電台廣播聲音，而學長身上的通訊器不知為何居然也一起發出電台聲響，留下的黑衣人似乎察覺我們在這，向我們逼近。

我們趕緊跑進竹林，跑得越深，林葉越密，依稀還能看到小男孩四竄的幻影，他彷彿是在指引著出路，我們走進原來的那群針葉林，跨過幾條溪流，石頭群生，板根交錯，參天古木，最後鑽進樹叢裡，一路蜿蜒，撥開樹叢強大刺眼的陽光直入瞳孔。

•

當我再度醒來時，我正坐在森林前方那次駐守挖的土坑裡面。學長已經醒了，他拍拍我的肩，對我微笑，金牙依然閃亮，卻又亮的不太真實，我起身拍了拍黃土，爬出坑洞，依舊是那片芒草連綿，依舊是隨風沙沙地搖搖晃晃。

應該是白天，沒錯，而且還有蝴蝶，牠們一群又一群在咸豐草上輕輕地拍動。

# 曾達元

一九九〇年生，國立嘉義大學獸醫學系畢。標準考試機器，溫室的爛玫瑰。支持婚姻平權。

## 得獎感言

服役時，基地營區裡常有開著小卡車出入的小販（小蜜蜂），載著一箱箱保麗龍，賣著各式飲料食物，他們像自由往來人間與地獄的使者，讓我們這些荒野演習的官兵，憑著些許外頭的氣息排解苦悶，即使不是多麼美味，但撫慰人心遠大於填飽肚子。

某日，我正與長官在悍馬車上等待演練開始，瞥見緩坡下的樹林外，一位禿頭老翁從及腰的芒草間冒出，揮著手笑盈盈地叫我們過去，遂轉身彎進林間小路。「幹，鬼嗎？」長官冷回「賣東西的老蜜蜂啦，那邊過去就是基地外面。」老翁不敢靠近我們，就這樣數次來回於林間，見我們始終沒搭理他，便消失在林間，風吹的芒草沙沙地搖著。這是故事的原型，我仍不確定那是人是鬼，畢竟軍隊裡，人比鬼可怕多了。

## 小說類評審意見

# 〈他們把它從河底撈上來時〉

陳雪

本篇為這次文學獎小說類最為出色的作品，是兩位評審心中的首獎。

作者以極為平淡的開場描述死亡，她變成了「它」，所有人都認不出來，從死亡的開場隨後進入兩人每日飲食、吃喝的日常，整個認屍過程與兩人情誼的回顧反覆交織，生活裡的細節變成一樁一件細細微微的物質存在，肉體的細節，飲食的細節，兩人青春正盛的生命於相處的每一天不斷呈現在細節描述中，小說裡沒有直接描繪情感與哀傷，不直接訴說如何悼念一個人，如何徹底失去一個人，只是鉅細靡遺寫出一個生命可以被拆解成多少碎片、多少細節，皮膚、毛髮、細胞、血管、臟器、骨骼，與大樹、青地、熱風、米飯、蔬食，你說過的話，發出的聲音，你笑聲的回音，所有構成生命的一切細節……存在過的會不會輕易消失。

「我把耳朵貼在鬆鬆的土壤上，聽見底下髮根滋長的聲音，那聲音爬進我耳裡，睫毛小腿窸窸癢癢，」結尾收得美麗哀傷。

## 〈倒影〉

童偉格

「洗衣間的窗戶是一般的鐵欄設計，夜間洗衣時，她順著曬架的高度，就見著月亮穿上了囚衣」。循首句的仰望意象，〈倒影〉有序建構一個人事反復周旋的類密室空間。一方面，女主角置身其中，因個人絕無特色，所以絕難被記憶，只除了她那絕對從俗的名字，「美月」。另一方面，美月亦有自己的疏離想像，如窺看一個遠比真實有趣的世界，也懷想情誼，也盼望能被識得。直到終究，真實對她裸露冷硬粗砥的本質，只剩那亙古常在的月之倒影，在她傾首悲傷時與她對望。從視角對照到敘事布局，〈倒影〉均顯示穩健審酌，堪稱佳構。唯一缺點，應是一切發展皆可預期，所以讀來也就略缺驚奇了。

## 〈下午的一通電話〉

陳雪

此篇小說完全由對話構成，討論時下流行的電話詐騙，對話只寫出客服人員的部分，另一方的對話則透過發話者的回答來透露，頗需功力。一開始的電話對話內容，正如典型的詐騙電話，但第一頁中段劇情直轉急下，「請問您有什麼好建議嗎？我哪裡講錯了？要怎麼樣說別人才會相信呢？……我真心的想請您教我。……」客服人員開始訴說自己的故事。

小說內容從詐騙，轉為一個女工的生命故事，最後又轉回「詐騙」，聽故事變成一種詐取「國際電話費」的手法，「編造故事成為詐騙手段」，「光是聽故事就會被詐騙？自己是被騙走了什麼？」張幸想著。

而結局卻又暗示電話費沒有激增，張幸反而擔心起客服的女兒阿銹，彷彿一切都是真的。

何者為真何者為假？作者寫出單人的對白留與讀者想像空間，而對於劇情的幾度翻轉也有頗令讀者思索。這篇雖然沒有更深刻的探討，但書寫對話的流暢與簡單構造卻能幾度轉折的情節，是其優點。

## 〈芒神〉

童偉格

〈芒神〉使人想起吳明益的〈虎爺〉，王家祥的《魔神仔》，或黑澤明的《夢》之其一：在軍團對抗演習期間，「我」與一位班長深入野地偵搜，在偶現的月光下、菅芒草叢間，見歷三名神魔盛裝出遊，如見證常人不可驚擾的異世蹤跡。就此場景建構而言，作者展現不錯的想像力，與描摹能力。然而，若以敘事結構分析全作，則可能，亦是在完成此場景後，〈芒神〉即失去敘事動力：一方面，小說後半嘗試以夢中夢設計，藉細節延異所造成的重層幻境，並未有效達成；另一方面，常世與異世的關聯究竟如何，彼此如何互涉或互動，作者亦未企圖深描。這個懸空，使人感覺缺憾。

散文類
首獎

陸怡臻

# 女兒身

洗澡是洗滌一切怠惰的魂魄最合適的方法。清晨降臨，陽光斜射，明亮拖成一條長長的尾巴，被貓勾起，將睡眠扯離癱軟的床褥。離開褪去的夢境，在浴室中讓水像雨滴沖刷倦意和疲憊，只有這個時候身體是尚未發芽的森林，旋轉的水珠滋潤乾涸土壤，長出植物和生機，昨日塵埃被水流帶走，清醒的神智破土而出，將世界轉為清晰的色彩，萬物在綠色中開始寂靜地奔跑起來。

我經常在那場清晨的雨之中感受自己的身體。流淌過眉眼脖頸肩膀胸腹腿腳的那一席河流，勾勒出一種被水珠刪去的姿態，冰涼或溫熱的撫觸，都讓我相信每個人的身體皆為一幅眾生相。比方說我自己，身為一個女兒身，臉龐方正，脖頸耿直，胸部下垂，肚腹臃腫，手掌紋線斑駁，不漂亮，命又不好，注定漂泊無依，一生勞苦；或者比方說我媽，指腹粗糙，下半身總是浮腫，瘦削尖銳的顴骨，是長期忙碌又費心家務的人典型的姿態。

在浴巾包裹自己濕漉醜陋的身體之前，我會因為赤裸的身體，而想起曾經撫摸過這具軀體的手指，以及那些曾經赤裸橫亙在上方的欲望。年輕的時候情路多舛，每一次撫摸都是渴求，每一聲嘆息都是顏色，欲望沒有姿態也沒有止盡，綿長、寂靜、浮躁又陰險，蟄伏於不同細節：可能是脫下衣物窸窣的聲響，內衣還未完全褪去，就意識到正在注視的眼睛，也有可能是黑暗裡逐漸上升的體溫，象都還沒現形，意已經流竄氾濫。我記得某一任戀人的手指特別好看，修長俐落，第一次帶回家，還沒有上床，看見她低頭凝視了一下自己的指甲，像是在確認有沒有修剪妥當；直至現在，我都覺得那個動作比任何前戲都還要催情。

我有過一任女友，因為長期穿著束胸的關係，乳房平坦，身體窄仄，沒有曲線。我們在浮沉的網路上認識，第一次見面便在深夜上陽明山去看流星雨。她騎機車載下班後的我，安全帽遮住凌散的短髮，口罩上露出一對小鹿般新鮮無辜的眼睛，然後我知道我對於這個人的眷戀將再也沒有回程。那個時候我們的身體和話語對彼此都是陌生的荒域，因為寒冷和雨天，始終沒有看到流星雨。下山時，她將雨衣讓給我穿，然後我凝視她低垂的眼睫，凝視她修長的手指幫我扣上雨衣扣子。

如果說這一個始終沒有放晴的夜空是一個隱喻，那麼我相信她窄仄的身體也是一個隱喻。她確實是一個簡潔明瞭的人，給予的愛和欲望也同樣窄仄。她眷戀新鮮平坦的欲望，而我並不平坦，我的身體肥胖，線條斑駁，卻幻想深邃美好的依賴。當她揭露我衣物下遮掩的身體時我只感到緊張，那些悶熱的腫脹的惡臭的醜陋無所遁形，終將阻殺我所渴求的，超脫於欲望之外的東西。

這讓我回想起自己的國中歲月，嚴格來說，那是一段比我人生中的任何一段時間都更不堪的時光。相貌平凡的孩子，不但醜，而且胖，性格孤僻怪異，不懂得和別人相處，連晚自習的時候椅子都會被其他人取笑著拿走的那一種人。沒有人告訴我如何成為美好光明而且自信的女兒，回到家以後，父母在黑暗中彼此吼叫與爭奪，我只懂得如何和自己的安靜共處，然後我便慢慢將這樣的生活過成一種常態。

我喜歡在任何一個意識到自己孤獨的瞬間，凝視自己的手。與我的臉相同，我的手並不好看，粗短肥胖，因為沉重的功課壓力，中指與無名指下方與手掌銜接處蔓延了一整片破白色的繭。當我專心看著自己的手的時候，可以假裝自己對外界毫不在意，就能當作那些惡意與訕笑是假的，吵鬧與貪婪是虛偽的。從那個時候我便開始幻想，幻想有另一個寂靜的少女，斜揹著書包，穿著白色的制服和黑色的裙，穿越那蜿蜒的羊腸小徑，走破現實，向我走來。我們共享這一場和別人不同的只有彼此相愛的青春，她不再受限性別給予她的種種框架，即使歡樂奔跑，都不會有泥土沾黏在嶄新的鞋子上。

後來還有過一任女友，身體肥滿豐盛，像春季，也像開滿草原的一座濕潤盆地。創業中的教育家，雄心壯志，擁有厚實的手心和飽滿的指腹，摟抱我的時候力道十足，將我圈在懷中，面對我和面對講台一樣，自負漲潮般滿溢。和她不同，我是經常懷疑自己位置的人，總是覺得浮沉，總是在很多時候需要更多的愛和安全支撐匱乏和脆弱。夢境交疊至現實生活，昨天還沒結束，今天卻又開始了，在巨大忙亂的生活軌道裡，經常我尚在睡而她一身風日細雨，帶著一身洗盡鉛華過後的疲憊，眼睛裡卻還有對這個世界的希望和光亮。我以為那時候的我需要的是這樣的人，但是我並沒有想到，她的手在環抱支撐我的背脊時，同時也在支撐自己無法言說的孤獨。

時至今日我都還是在跟自己鬥爭，和這具肥胖、醜陋的身體鬥爭，同時也和自己的欲望鬥爭。二十幾歲的我知道一些十幾歲的我並不知道的事情，比方說，我曾經以為那些欲望我的眼睛是因為愛我，比方說，我曾經以為兩個人的愛總有一天會在身體的撫摸中生花，以為別人如果不愛我終究是因為我醜陋的姿態不能成為美麗的女人的樣子。但是現在我已經知道身體的欲望本身便是一簇燦爛的盛放，不只華美，還很短暫，走過欲望，可能會有愛——然而愛其實是最大的欲望，只是那個時候，我還不知道。

於是我就回想起一個場景。那應該是小時候的我經歷過的場景，約莫四五歲的時候吧，非常清晰，但又無法確認究竟是在哪裡發生的：那是一個洗曬衣的廣場，這其實很奇怪，因為我未曾記得究竟在什麼時候住過這樣子的一個有廣場的地方。但那並不重要，重要的是，那個時候的我無欲無愛也無恨，剛開始看見陽光和街道，對這個世界還萌發著一股蓬勃的好奇。那個年代的洗衣精並不散發著柔軟的香氣，洗完衣服以後，掛在竹架上，散發出一股清潔而工整的味道，而那味道包圍了正在一桿一桿曬衣架之間遊走的我——而我，抬頭望向天空的時候，總覺得自己身體潔淨，以為自己所呼吸的，就是晴朗的天空的氣味。

# 陸怡臻

現就讀國北語創所，以筆名波本持續在臉紅紅網站寫作專欄。曾獲時報文學獎、台中文學獎、台積電青年小說文學獎、教育部文藝獎等。

## 得獎感言

謝謝評審的青睞，謝謝在各種困頓的時刻陪伴我度過的柴犬，也謝謝我們一起在這個夏天報名了全國台灣文學營。雖然非常炎熱，但其中有許多魔幻的時刻，沒有比在魔幻的日落、便當和尋覓騷夏之旅中跟你相視而笑更珍貴的事。文學無法賴以維生，因此現在的我依舊經常在生活中掙扎，憂傷也好，快樂也好，難以言說的挫傷也好，我喜歡書寫和再造的瞬間，它是一間虛構的療養院，把自己放在裡面，把別人放在外面，是門打開的時候流淌出一點點野性的瞬間。我們想過三十歲的自己是什麼樣子，我希望三十歲的自己還在書寫，那也就夠了。

散文類

佳作

# 獨居

洪順容

開始獨居生活後，周遭流動的氣息總令我感到不安。

該怎麼說呢，大概就像是，以我為中心築起一道玻璃帷幕牆，我像被封在水晶球內。而現實與水晶球的差別在於，如果要觸及水晶球內的小物件，勢必得將其打破，打破一道封印般，裸露出內裡的核心物體，連稜角都顯得深切真實；然而我是隔著一道玻璃在觀看摸索以我周身向外延展發散的空間，我抬手向前觸碰，切切實實地能感知到一層隱形的阻隔存在，無法穿過，似乎連掌紋都能印得清晰，但身體卻又能明朗地感受到周身氣息的流動，貼合我的體膚地，流動著。

明明自我防禦機制地架起一道已強化過的防護了，到底是怎麼穿過的呢？是不是哪裡又漏了孔隙了？怎麼會這樣？這種感覺就像是，我對接近我的人並沒有把握，但他們好像能輕易捏準我，我的肌理、稜角、結構、乃至一切隱密都被摸得通透。

我望著窗外暗沉沉的街道，有在販售消夜的店家也早已歇業，只剩便利商店的招牌和街燈，還刺目且喧囂地亮著。總感覺那些還在夜裡亮著的事物，像食蟲植物一樣分泌芬芳的蜜汁，誘使人向明亮的地方走去。沒有人會知道那些看似和善的所在，暗含著怎樣深沉的陷阱。

會注意到窗外的景象是因為，我一直聽見有一道聲響隱隱約約地傳出，從最開始微小振動的音頻，慢慢地放大、放大，直到我在流動的空氣裡明確地感受到它的波動，甚至已發出了響聲。

我試著在居所內找尋聲音的來源，翻箱倒櫃，遍尋不及，才將目光移向窗外，仔細辨識有沒有可能是從室外傳遞進屋內的。

然而也不是。

究竟是從哪裡傳出的呢？那聲音。又究竟是從什麼時候開始的？

突如其來地，我瞥見了放在拼裝地墊上的那一疊書。將它們帶回來時，隨手就往地墊上一放，放置得並不是很好，像比薩斜塔式地向外傾斜，但比薩斜塔短期內應該是不會倒塌，那一疊書卻是，如果我走過時沒注意便被它們絆到，它們會像水花或是骨牌向外迸濺傾倒，若沒穩住重心的話，我也會倒在上頭。

書是我從學校的總圖書館借回的。下課後的閒暇，將自己泡在圖書館裡，像魚緩緩地、並不著力地擺動魚鰭，在水裡漂蕩、似節制地游動著，我漫不經心卻又有跡可循地，用館藏查詢系統搜尋，再走向書架，考古般一一挖掘出地借閱。

這樣的舉動是我的「生活」之一。

•

展開一個人的生活後，「生活」對我來說便是這樣的：今天戴的隱形眼鏡，右邊的比左邊的難拔一點；戴著有形眼鏡時也一樣，鼻墊難以貼合鼻梁，鏡框看起來也總是歪向右邊一點；生理期來時，經血慢慢從褐色變紅一點，有時甚至釀起大紅血災；衛生棉堆在垃圾桶裡，有種詭異虛假的氣味，也今日比昨日多一點地堆疊逸散；住處門外牆角結的蛛網，誤入歧途的小蟲仔，似乎也又多黏附了一點，懸掛在上，像簡潔的串飾；……還有諸多諸如此類的「今日比昨日『多一點』」，每一日都是由這樣的「多一點」所構成的。

但這些「一點」稱不上是咬囓性的小煩惱，它們其實無足輕重，充其量也只不過是，在一張黑點密集遍布的紙面上，多點畫了幾個黑點。其實一般根本難以分辨地出，哪些是原有的黑點，哪些又是新添的黑點，而我又只不過是恰好能辨識出那些新舊交集的黑點出現的先後次序罷了，像在場親眼看著它們被點畫上。

就如同那些令我感到不安的氣息流動，也只是我恰好能覺察出它們的流動。像株含羞草地敏感易動。

除卻「今日比昨日『多一點』」的生活，還有一種「生活」是這樣的：去學校的總圖書館抱一疊書，都是我極其仰慕的作家所撰寫，或興致使然查詢而找到的。抱回住處後，把它們隨意地擺放在巧拼或是書桌上，偶爾拿起來翻看，但大多時候是不讀的，像實用的家具又像無用的擺飾地放在有空餘的位置，時間久了也留下它們的印痕，還有特有的、泛黃陳舊的書味、手汗味，以及一些小灰塵。等到我的校用電子信箱收到好幾封總圖叫囂似地頻頻寄來的「借閱書刊即將到期通知單」，連線上辦理「續借」都早已點按過地失效，才會心不甘情不願地將整疊書抱回去，像是在道別戀人一樣地依依不捨，繾綣纏綿。

是的，我只是試圖在自己獨居的住處，多添一些人氣。所謂「人的氣息」。

搬一些心愛的書到住處，但並不閱讀它們，將它們閒置在居所內，陪我一段時日，直到期限已至，分別已成必然，我們江湖兩忘，原封不動地將書還回圖書館。總像是在租借情人，倒不是為了尷尬又必不可免的家庭聚餐，規避親戚三不五時差遣問候你的終身大事，純粹只是日常裡想要（甚至需要）有人伴著的感覺。伴著我的不是人，是書堆，批批不同的書籍，堆放在大同小異的位置上。

仔細回想——像我總能敏感地察覺到周遭流動的氣息那般——聲音似乎是從我開始這樣搬書回來又還書回去的生活後，才慢慢傳出，被我捕捉、聽見。起先是細小的震動，後來漸漸轉變成實質的聲音。

這樣的感覺總像是，暗室裡蟄伏著一雙獸的眼，日日觀察我的日常生活，等待著我鬆懈的一刻，送上致命一擊，將我捕獲，完成牠的狩獵。我不知道牠會如何折磨我、撕裂我、進食我、消化我、排泄我……停！不要再想了，再想下去彷彿我已被不留一點渣滓地吞噬消滅，自此沒了身分名姓。

不安逐漸加劇。

•

日常裡我並沒有能夠交談對話的對象，離群索居，不適人群。在需要與人交際的場合裡，我總是顯得尷尬窘迫，並且一無是處。

所以我總是喃喃自語，自問自答。有時在腦子裡意想，有時不小心脫口而出，念咒似地，想將藏在暗處的妖獸鬼魅驅逐。

「所以聲音真的是因為那樣的緣故才出現的嗎？」我想應該是，八九不離十了。

「天啊！我只不過是想找個能夠代替人的物件陪我罷了。這到底又是招了什麼罪？」或許罪的就是你本身，誰叫你要這麼敏感易動，惶恐不安。進入人群不好嗎？在人群裡你就不會成為被虎視眈眈的標的獵物了。所有人都會是獵物，一個大型的獵場。仔細嗅嗅，似乎有血腥氣味在逸散。

「有這麼嚴重嗎？你也想得太遠了吧！講得好像末日來臨，末世之景，生活乃至本體被一些未知的東西占據了，原先的我不復存在。」對，我說的就是這個意思，難道你不擔心、害怕嗎？

「不知道，等那一天來了再說。」或許就來不及了呵，有些事情會比你意料的還來得快開展，像細菌繁殖一樣快速。至少你不要再耽溺於這樣以書相伴的生活，這或許能預防些什麼。那些置放在圖書館內，幽暗的、缺少光照的、缺乏陽氣的書，總讓我感覺有些什麼陳舊的事物被封在上頭，而你在無意間卻解除了它的封印。喔不，或許是它在呼應你的渴望！你的渴望激醒了它！你們之間產生共鳴，它將你當作同類了！它一定是在呼應你啊！這實在太危險了，小心啊呵！

我的……渴望？我能有什麼渴望……？

腦海閃過「渴望」這個詞，令我感到荒謬。我一心一意追求的，不正是這樣獨居一人、無拘無束的生活嗎？照理來說，「獨居」才是我的渴望，我的渴望既已達成，又有什麼其他的好渴望呢？

而又是怎樣的「共鳴」、怎樣的「同類」呢？是像我一樣，也隔著一道玻璃在觀看摸索這個世界嗎？也跟我一樣，能感受到氣息的流動，並且像是被氣息裹覆著，而也感到不安的嗎？

一切都還是未解。

適時我還無法察覺出隱匿在最深處的，究竟是些什麼，像暗含在火山底下的岩漿正欲待噴薄而出，只要抓準那最適當的時機、最脆弱的孔隙，就沒有什麼能阻擋它的爆裂了。

這是我第一次失靈於我的敏感，我所自豪的敏感，像是有些什麼將我罩在完全密封的玻璃空間內，刻意阻隔我近似於神通的感知。周身的氣息流動變得緩緩，甚至正在逐一抽離，抽成一個真空的狀態。

失去原本的敏感，這是要讓我窒息而死嗎？

而那個聲音還在——原本只是細小的震動，逐漸放大擴展成實際的聲響，現在已經充盈在我的耳際，沒入我的耳蝸內，震耳欲聾。我以為我是在耳鳴，但耳鳴不會這般強烈。我仍無法形容那個聲音是怎樣地發聲，明明熟悉，明明已經變得如此巨大，卻想不起，那是怎樣的聲音。

等等，不都抽成真空狀態了嗎，聲音怎麼能在沒有介質的真空內傳遞？

冷汗不停地盜著，不安已充盈到如飽滿的氣球，只要稍有刺激，隨時都將會炸裂。但卻隱隱又有些什麼，正在鼓動著，像是期待著些什麼。

我將自己打包進被窩裡。睡一覺吧，我催眠自己，睡醒後一切都會明亮地揭曉，並且好起來、恢復原樣的。

•

從睡意裡甦醒後，我將手伸向牆壁，要打開電燈的開關。

朦朧裡一室明亮，什麼都不必看得仔細。

摸向床頭櫃，拿起眼鏡，戴上後，我眨著尚在迷濛的眼，試圖要讓視野變得明朗。

待眨了好幾下後，眼前卻還是一片模糊，像起了霧的玻璃，又像戴著滿是刮痕的鏡片，什麼也看不清晰。我不可能褪下眼鏡，因為褪下後所見之景，定會比此般更加模糊不清。

聲音又再次響起。

我起身下床，試著在室內移動，卻意外地觸及一些奇怪的、細微的絲線，不沾手，不黏身，還並不密集，像蛛網卻又不是，尚未形成一個完整的物體。

被這些絲線困著，雖不至於寸步難行，但也無法走出室外。門是最先被封死的。

聲音漸次擴大。

時間過去了半天，整個空間已被絲線纏繞密布。從最先的白色漸趨灰黑，像在織就個繭要將我包裹在內。「今日比昨日『多一點』」地那樣，將我收攏在中央。然而也只是過去了半天的時間，我也快要成了一隻帶繭的蟲子。

原來不是真正的玻璃，是個繭，更精準一點的說法，是個袋狀的筒巢。

聲音離我耳際越來越近，像是伸出了觸角，便要進入我的耳蝸內。但那其實並不是觸角，而是牠的本體。

我想起來了。

那是衣蛾的幼蟲，拖著牠以棉絮、毛髮、乃至塵埃織就，水泥塊般的幾何菱形紡錘袋內，在牆面上緩慢爬移，而摩擦出的細小聲音。沙沙的，像在摩挲口器，但牠的臉孔只不過如同黑筆筆尖的一個小點，我也難以辨識出牠是否摩挲著口器，試圖要將我咬嚙、吞入，化作牠筒巢的一部分。

那是牠爬行的聲音。

・

一切是如何發生的？

夜行性懼光的衣蛾將卵產在我從總圖借回來又還回去的書所遺落的灰塵上，孵化的幼蟲吐絲作繭，沾附我掉落的毛髮或衣物上的棉絮，築成牠自己的巢，穴居其中。

夜裡，牠懸掛在牆壁上，伸出蟲體，睜著牠的複眼注視著我，如看著穴居在筒巢內的牠，我也穴居在自己的獨立套房裡。牠將我視為「同類」。察覺著日日復日日「多一點」的細瑣，卻從未覺察到牠「一點」的存在。

我確實渴望於「獨居」，但也更渴望於「相伴」。

衣蛾感應到了同牠的渴望。牠發著摩擦牆面的聲響，試圖引起我的注意，與牠產生共鳴。

在獨居一人的套房內，垂掛著一顆水泥碎屑的殼蛹。

我被裹覆在巨大的筒巢內，懸掛在天花板上，織著自己的巢穴，更隱密地將自己藏身其中，目光炯炯地等待下一個入住的房客。或許他跟我一樣，離群索居，不適人群，喜歡「獨居」大於「合宿」；易於感知周身氣息的流動並且不安，易於察覺那一日比一日的「多一點」，且愛搬著一疊書回住處，享受那樣其實虛幻的陪伴。

噢！原來是同類呢！沒關係，我來陪你，你也來陪我，我們倆相伴，待羽化成蛾、脫巢而去後，也不會相忘於江湖，直至我們再也無法飛動的那日，再一起墜入塵土間。生於不同衾，但死於同穴。

我也成了一隻衣蛾。不，我本來就是一隻衣蛾。

夜裡，我將伸出細長的蟲體，閃動著複眼，注視熟睡的獨居房客。

眼裡光芒像碎琉璃，五光十色，每一個複眼都是大千世界，讓人們以為看見了同樣的自己。

# 洪順容

一九九八年生，台南和高雄的混血。不典型白羊座。台南女中畢業，曾就讀東海中文系，現就讀中興中文系。曾獲一些文學獎。

「恆星光譜中，藍色最為熾熱。」是個性寫照，也是座右銘。

最愛的話是：「我從沒有被誰知道，所以也沒有被誰忘記。」——顧城〈早發的種子〉

## 得獎感言

收到得獎消息，實屬意外。算是一種陰錯陽差吧。

在東海度過的那一年，確實是生活得挺「獨居」的，不會感到孤單寂寞，反而覺得，我生來便是要過著那樣一個人的生活。

這篇文章其實是我在東海時，修習言叔夏教授的一門創作課，所寫的作業。我時常聽言叔夏分享，她所經歷過的獨居生活，像她在《白馬走過天亮》裡常寫到的那樣，她有洞穴一樣的房間，很多奇幻的故事在那裡展開。而我有了自己的獨居生活後，便也明白，她的那些故事成為了我的故事。

高中的友人M曾寫過「衣魚」的故事；看了〈袋蟲〉，言叔夏有「衣蛾」的故事；後來自己獨居，我也有了關於「衣蛾」的故事。這些有「衣」字的小蟲，似乎便跟我有了些連結，很奇幻的那種。

以此文紀念，我在東海那年的獨居生活。

也謝謝言叔夏，謝謝她相信我。若沒有她，我可能始終不知道該如何寫。她是我一輩子的恩師，我銘感五內。

散文類

佳作

# 同路

張純甄

每年有一個季節，我會頻繁地搭火車，大約一週一次，這個季節就是教師甄試的考季。季節兩個字讀來輕盈浪漫，但加上考試二字便瞬間沉重許多。而為此，我的人生有段時間只有兩個季節：準備考試的季節以及考試的季節。

身為兼職考生，考季時週一到週五在學校擔任代理教師，六日就坐上火車趕赴考場，如此三年過去，時光只讓我更顯黯淡。初試、複試報名、複試、正取報到都必須親自到場，意味著若能到一間學校四次，表示你考上了，而考場，散布在全台各地。為了節省住宿費，我時常搭夜車，車廂似搖籃，搖晃睡眠與夢境，清晨抵達我便隨便找間便利商店刷牙洗臉，換上乾淨的襯衫窄裙，紮起俐落的馬尾，把倦容藏在妝粉之下，抬頭挺胸走入考場，好像自己一直都是如此乾淨明亮。

手機光屏亮起，好友H傳來訊息：「正取一是我好友，他確定會去報到，所以妳不要等備取通知了，好好專心準備下一間吧。」好，謝謝，我沒事，我想，面對循環的失落，我只是有些疲倦了。

火車旋入一道道的風景，定時打開肚腹吞吐疲倦的人群，我也在人群之中，成為一道自己都倦於觀賞的風景。火車負載人群的重量，壓過鐵軌，切割風景，晃蕩節奏，發出的聲響持續對我說話，清空清空……。我清空自己，讓生活的列車只前往唯一的目的地，而生命還要我清空什麼？我尋找自己心中尚未腐壞的地方，還能清空出些什麼呢？此刻，我只想躺下，躺成一顆逗點，在此稍稍喘口氣，不須急切地重啟下句。我只想專注成為一灘泥、一片塵土，一滴順應河流的水滴。我想，我只是有些疲倦了。

列為備取表示這間學校願意聘任我，雖然不是第一順位，於我也是一種肯定。我安慰自己，想讓自己稍稍上升，但我感覺內心又沉落地更深一些了。上升和下墜原是同一條路，薛西弗斯不斷往返的母題，我在心裡不斷反覆著。我感覺自己的心是一輛空列車，定時出發抵達，偶爾誤點，人群進來又離開，私語、嬰孩的啼哭、廉價香水、狐臭、鼻屎、口香糖，我都承受。沿路山脈抽出毛邊，有藍色的牧場牧養魚群，有稻浪與鷹的盤旋，我一概不看，只專注前往目的地。然而，當我以為抵達的時刻，實則正是下一個循環的起始，周而復始，自成圓滿又空洞的旅程。方向是有的，但出發點與目的地早已迷失。我在前往的路上，但我走失了。

曾有位同事和我說在同班列車上看見我，他揮手問好，而我默無回應。我說對不起，我沒看見你，而其實，在列車上，我什麼都沒看見。我總是低頭看書，深怕上試教講台時因緊張而遺忘了一個生字，一句詩行。眼前不斷播放的窗景，隧道吞吐的黑暗與光亮，於我都是模糊的背景。行李箱裡頭裝滿備課用書、我寫的簡案與筆記，我曾拖著它走入一間又一間的考場，以應付隨機抽取的考試篇目，此刻，它躺在置物架上，安穩靜好，而我也一同躺在那裡。

有一回，我倦地闔眼休息，突然被一陣靜默吵醒。沒錯，吵醒我的是一片靜默無聲。深夜列車上，車廂傾軋鐵軌與冷氣的聲響仍舊悶悶地提醒長途未盡，然而列車有這樣的時刻，旅客熟睡無聲、列車恍若滑行、冷氣渦輪暫停運轉，在將睡未睡的朦朧時刻，正是這清空所有聲響的，真空般的時刻將我吵醒，持續大約五秒，聲響又再次回到這漫漫長路。

在這真空般的靜默中，我的意識清明，不在參考書、行李箱或搖晃的睡眠裡，不在自我貶抑的懊悔裡，也不在那尚未抵達的遠方。我感覺靈魂清醒地待在自身之內，不上升也不沉落，只是安穩地存在，不須艱難地尋找、探問、指認，我可以肯定地說，我在，我在這裡，與自我同路。

原來火車發出「清空清空」的聲響，並無意向我索討什麼，只是提醒我留一段真空給自己。我丟失的不是初衷與目標，而是一小段給自己的空白時刻，輕聲喚回稍稍走遠的自我，一同下降到心底深處的告解室裡清理積塵；上升到意識頂樓的山石上喝一杯熱茶；或者，就在這座列車上，一同眼球漫步，拾取風景。與自我同路，讓人感覺放心，知道自己並沒有迷失。否則，身體搭上快車，心靈搭上慢車，永遠疲於追趕，終至遠離。

張純甄

花蓮人，現就讀東華大學華文文學研究所創作組。

## 得獎感言

於我而言，回應獎項最好的方式是努力寫出更好的作品，謝謝評審的肯定，我會帶著這份鼓勵繼續往前邁進。

散文類

**佳作**

# 飢餓之夜

李怡

習慣性晚睡者，比如我。對這樣傷筋動骨、爆肝爆痘顛倒黑白之惡習，不是沒有足夠的認識。我明白健康陽光且積極自律的人，會抓緊時間今日事今日畢，不必出此下策來越明年政通人和。拖延癥病入膏肓者，比如我，通常在昨天與今天的淩晨交界處陡然一道電流穿過，全身收縮兩股戰戰，遂開始亢奮燃燒。攜帶皤然悔悟的黯淡星光點點，與沙漏流逝般的泠然死線近身肉搏，過程激烈，吃相原始。

偶爾大勢已去，不免殺戒大開慘不忍睹，風蕭蕭兮易水寒。但總體還是會對這種千帆過盡、難登大雅之堂的劫後餘生執迷不悟。按下郵件發送的同時，欲望與恐懼共著神經牽動，倒計時一秒毫無保留發射掉。浩渺宇宙，無欲無求。每每頹然坍塌在寫字台前，僅存的理智確認安全，便可以矯情自憐幾分，揮霍放風多時，直到下一場腥風血雨。依仗自己還算年輕的庫存資本和可以被原諒的不知死活。

沒有紅袖添香夜讀書的瀲灩情調，屬於我的夜多半是粗糙的風塵僕僕，扎扎實實服帖地表，置於死地而後生。上火、血壓升高、頭髮脫落、心跳加快、思慮枯竭，極限任務泰山崩于前，千鈞一髮當機立斷化身為榨汁器，擠壓著並不輕盈的靈與肉，為搓捏淬打出能力範圍內可憐的精華脂膏而狗急跳墻、一地雞毛。可惜我的靈與肉數量有限且資質貧乏，尚不夠抵禦蹂躪狂瀾。然而形勢大於人，無語凝噎輕狂預設了人定勝天。說到底，都是自己生性樂觀立的Flag。

於是假借外物凝聚天地之氣以突圍。我滑手機，登入各色社交軟體，遇見各類天涯淪落人，從各方事不關己的隔岸觀火中獲得「一個人原來也可以有不少同類，只要願意承認」，諸如這樣昂揚拔節的精神召喚。除此之外，我吃東西，向腸胃狂塞食物，像是在填補一個巨大虛無的空洞。然後感受到本體的存在，感受到物質力量的強大後盾。盡管帶著些許忌憚發胖的愧疚感。

保持飢餓，保持愚蠢。致不眠夜。

若考證起來，漫漫長夜始於升學考，在大學時期達到巔峰。那大約也是我對親密關係定義的巔峰。既然如此，長夜適合講故事。

幾年前住在校園北區的宿舍樓，因其外觀不堪、年歲老舊被戲稱為公主墳。北區很多地方都很破敗衰廢，但對我來說卻是黑夜裡的一座拉風的莊園，擁有著哥德式的奇崛之美。那時候，我和室友小辛蝸居在公主墳三層的一間蚊帳斜掛、遮光窗簾低垂的洞窟，光纖不足，影影綽綽，人跡罕至，但心樂之。小辛與我在這間洞窟裡，由互不搭理莫名其妙發展出古怪默契。白天一道休養石化，日落出動同為夜行神龍。

我喜歡和小辛去宿舍底樓的自動販賣機。一台賣水，一台賣零食。除了正常的投幣取貨，還有玩游戲的功能。即在投幣後，屏幕上會隨機顯示出一款游戲，比如賽馬、轉盤等等老少咸宜，贏了便可隨機獲得商品獎勵。因是常客，已經摸清竅門輕車熟路。例如算好時機多拍兩次按鈕，轉盤遊戲就會聽話地停在同一色區塊，緊接著就是一悶聲響，一瓶獎品飲料掉落下來。依循著實踐出真知，如是而已。有時販賣機前穿著睡衣趿拉拖鞋的少女們排隊，看著她不得要領的大驚小怪、表現出差一點就中的種種懊惱，我則與小辛閒雲野鶴相視一笑，再以百分之八十的概率得勝歸朝。

自動販賣機顯現一排紅色售罄標識的夜半三更，我倆則會安靜地收拾完備，帶上零錢出門。黃暈暈的路燈下經過北區的停車場，樹影婆娑，蟲鳴聲聲，三三兩兩，浮動著一種清涼的曖昧。我們本無須找話，亦不覺有話或沒話是會產生多少尷尬。倒是小辛會突然提醒我，離車遠一點，不安全。一番拉扯，距離縮短，影子就重疊了。

我記得小辛那張間或明滅的臉，夜色、燈光掩不住她標緻的小雀斑，又顯得膚色通透不可方物。眼睛下有些深邃的黑，但是既酷又性感。以及她的聲音，有別於白天被放了氣似的嗯嗯啊啊無精打采，像柔順的巧克力，融化、環繞。那樣的味道。

我們一直走到北門，面朝馬路，車來車往。校外反而亮過校內，車燈路燈渲染黑夜，明晃晃的，心裡？空落落的。不知悲喜，儼然隱為此情此景中沒有情緒的一部分。沿著北門步道右轉，買一種大包裝、外表其實看起來很像飼料的燒烤味玉米片。然後叫醒收銀台那位睡眼朦朧的便利店店員。他睜著血絲眼球，行屍走肉般抬頭，說夢話的語氣加上七分慍怒，「哦你們啊。」

那大約是我最詩意的飢餓之夜。

大學畢業後，青春散場就此別過。即便有過承諾千千萬，無論甲乙丙丁還是小辛本人。就和為什麼吃虧上當可偏要屢教不改還要堅持拖延一樣不可理喻。我妄加猜測，沒準這不過是一種常規的生存方式，即便偶爾挑戰自我，但是大多平安無事。

日出月落，好像明天又是新的一天。然而她和我走失在車水馬龍的覓食的夜裡。我後來去拔智齒，像是完成一項斷捨離。我發現我也沒有多愛吃巧克力。至於燒烤味玉米片，總會因為玉米片尖尖角劃到我的上顎從而惹毛我。我一度嘗試過減肥，便又一度為高熱量和好心情的抉擇天人交戰。

如今我偏安一隅，繼續熬夜顛倒作息，繼續懺悔，繼續犯錯，繼續循環往復當學生。繼續在鐵打的校園中，當那個流水的人。

我有一個新同學，男生，同一門課同一組的點頭之交。他有段時間頻繁地在網上發極端抑鬱的狀態，說他想死。大晚上的，上天入地。據說最初驚動了教官和學院助教，帶去心理咨詢，還開了很多藥。以至於他之後偶爾故技重施，也只當是情緒宣洩鬧一鬧。終於有人不勝其煩，直接FB發帖暗諷。作為路人目睹交火，膽戰心驚。於是撥通他室友的號碼，對方淡定答曰：「這人就這樣，不都早該習慣了。」

有限的生命裡，卻有著那麼多煎熬的飢餓的夜。兩手空空、飢腸轆轆，或是鍵盤飛起、杯盤狼藉。尤其在千篇一律的夏夜，聽取蛙聲一片，炫耀眾生的熱鬧。孤僻的個體星羅棋布，倒也成了熱鬧的一部分。

豪放大氣的人會說，何處無夜，何處無竹柏？閒人不少，「如吾兩人者」事實上也應該很多吧。

我依舊晝伏夜出煢煢孑立，而且現在我一點也不餓。想了想，還是滑手機。熙熙攘攘的文字或圖片，回按讚，示已閱。作為？尚往？的證據，彼沒有白發，此也沒有白看。興味索然，遂決定不如早點睡個覺。

李怡

現就讀於國立政治大學傳播學院碩士班。曾獲第十七屆新概念作文大賽二等獎。

## 得獎感言

非常感謝，繼續努力。

## 散文類評審意見

楊佳嫻

### 〈女兒身〉

兩件得獎作品〈女兒身〉和〈獨居〉，看似「肚臍眼」式的凝視自我、抒發內在的傳統抒情散文路子，其實，每個個體皆是複雜社會網絡所孵育，體現了命運、個性和文化的作用；陌生的個體往往在閱讀裡經由他人私密經驗的表陳而結成共鳴之網，一己之困蹇又何嘗不是娑婆世界的縮影？

〈女兒身〉命名令人想起青年作家林佑軒的傑作〈女兒命〉，身即是命，命亦得通過身，方可見蹤跡。不過，〈女兒命〉焦點是閉鎖於男身的女命，〈女兒身〉則著意於女同志的身體凝視，從認識自身、摸索她身而織就的情欲履歷，這履歷裡記載了痛苦、自卑與甜美。作者尤其喜歡描寫手，手是日常照顧的工作部位，是撫摸與擁抱的第一線感受器，也與女同志的性息息相關。全文有點懺情錄的味道，文字富節奏感，美而不黏膩。

## 〈獨居〉

楊佳嫻

〈獨居〉寫獨居時倏然放大了千百倍的空間感與聽覺，看似遼闊了些，其實反而生出層層看不見的阻礙。文章開頭即以帷幕、水晶球、封印等比喻，來傳達這種囚禁般的精神狀態。接著，敘述者追蹤一種隱密聲響，追蹤過程點寫獨居生活切片，夾敘夾議，有纖細的感覺，也有依據累積起來的日常而引申的省悟。最後揭曉，原來是衣蛾作祟，衣蛾和它的筒巢，正如敘述者與房間。有些地方描繪過度，略為刪減，會更輕省、密實。

## 〈同路〉

簡娫

讀完本文，頓時有「人浮於事，前路茫茫」之嘆。文中的我是一位尚未取得正式教職的代理老師，每逢教師甄試考季，四處應考，在競爭激烈之下，不放棄任何機會。作者已具寫作功力，以素樸文字描寫應考實況；為省住宿費而搭夜車，於清晨抵達後借超商梳洗再亮麗現身，道盡奔波之苦。更依此延伸，寫旅途疲憊之感，「我在前往的路上，但我走失了。」「在列車上，我什麼都沒看見」，讀之慘然。文末，作者神來一筆，藉列車出現短暫靜默之聲做了翻轉，拈出「自我同路」之悟。全篇文情掌握精確，若內容再豐富些，當能臻於勝境。

## 〈飢餓之夜〉

簡媜

本文描寫大學住宿生活，晝伏夜出之覓食經驗。表面寫飢腸轆轆口腹之事，內裡隱喻青春歲月之內在困局；從習慣性拖延課業養成熬夜惡習、流連網路社群求取存在感至屢次犯錯執迷不誤、「保持飢餓，保持愚蠢」可謂文章題旨之所在。文中，更藉由抑鬱男子一事發揮，「有限的生命裡，卻有著那麼多煎熬的飢餓之夜」，突破了「飢餓」表相，直指核心。文末歸結「一點也不餓」、「不如早點睡個覺」，頗具詼諧手法。本文立意新奇，唯段落描寫、文字修辭稍嫌跳躍晦澀，殊為可惜。

新詩類
首獎

劉彥辰

# 靈感來臨前

在真正的靈感來臨前
一位平凡的詩人死去
幾乎沒有重量，倒下時
落了一整座小山谷的紙葉
尚未集結的星座
只好帶著光與眷戀
燙金，舊封皮的觸感
最忠誠的保護——
保護那些懷疑

應該也有過……？
還那麼年輕的時候
騎乘夜色的神駒潛行

離開，到海岸
向星湧大氣投擲煙火
點亮補撈慧尾的漁船
點亮不遠處的
王都
尊嚴的白塔
精神閃耀的城牆

結晶緩慢的國度
向內刺探
有老風土及星光
靈感的張力微微黏附
在鋒芒挫折處，晶核的孔隙

有什麼正經過
（多細微的地理現象）
平凡的詩人驀地抬頭
又一顆流星

下個冬天會更冷更長吧？
在那之前
必須到焚林地蒐集木炭
到殞落處，撿拾隕鐵和磷
必須在那之前
召喚更多流落在外的星系
摺更多紙葉
在雪來之前為他蓋上

在黯淡之前

他死去，如靈感的大潮
所以腳步才如此輕盈，才能追
趕不上的事物
才能成為可視的光軌
所以，為數不多而
前來哀悼的朋友們
一個平凡的詩人死去
有何不可？

劉彥辰

一九八九年出生，新竹人，畢業於清華大學電機所，目前任職於科技業。很少得獎，但零星有過一些採訪經驗，也因此認識了很多厲害的傢伙，所以多少要進步一點才行。

## 得獎感言

呃，不知道該怎麼說才好。其實是很高興的，但想起其他差不多年紀、甚至更年輕，對文學充滿意識的創作者們如何厲害認真，便覺得要嚴肅點。雖然對文字貌似好像隱約可能或許有一點點辦法，應該也有興趣，但我確實滿懷疑的。真的可以嗎？這樣的念頭時時露出毛絨絨的尾巴，刷來刷去，要忍住不看才行。很玄的是，在非常頹廢、搞砸很多事情的時候，就會得一個文學獎（沒有炫耀的意思），示好似地摩娑我的手背，暗示著「好像還可以喔？」那樣。如此一來又有了點勇氣。

在莫名且無意義的呻吟後，我想正經地感謝兩位待我不薄的清華師長——她們帶我認識了詩的世界，更在我各種白目與崩潰的搔擾之下，回以鞭打或鼓勵。沒有她們的話，就沒有這樣的我了。

新詩類

**佳作**

謝宛倩

# 等待一首詩的出現

我們會在一首詩前相遇
這是我們被注定的場景
但在相遇之前
我們將輾轉歷經幾場風花雪月
與一些無足輕重的淚水和心碎

愛意正濃時
我為他寫了幾首詩
而你則寫了歌
想像她的傾聽
我們幾乎在相同的時間裡
反覆修改我們的情意

並藉由滾燙的面頰
朗誦吟唱出稚氣的愛情

我們最終各自蹲下身
拾起碎裂掉落的歌詞及詩句
舔拭撫平並相信再也不會有人
值得自己使用心臟的組織紋理
作為白紙傳達愛的真意

我會在一首歌裡遇見你
在這之前我總是懷疑

隨著時間流逝的旋律
能帶來多少深層的意境
直到你的嗓音劃破我的一意孤行

那是蠻橫毫無道理地略侵
愈是將你屏除於視線聽覺之外
你愈是充滿戲謔地步步靠近
對你降服是等待發生的沉迷
我細心拆解你每一句尾音
再經由自己的善感
用文字攝影不同場景的你
編排每一天的詩歌筆記

挑揀線索緩慢前行
我總算走到那首詩面前
並趁你尚未出現
獨自走進詩的內裡
探索詩的雨林
披掛詩的碎星
握緊詩的沙礫再將感受一一銘記

詩將我放置於虛構場景
而我嚴重忽略了

你神出鬼沒的習性
反覆相疊又擦身了無數個瞬間
我們掉進錯過的輪迴
必須各自再浪費一些時間
直到下一首詩於正確時空
精準地誘引我們遇見

那首詩必定帶來些許波瀾
成為扭轉悲傷情節的關鍵

# 謝宛倩

台南佳里人，常在讀詩與寫詩之間感受到詩的包容與照顧。相信詩能成為羽翼，而飛翔是令人神往的自由，靜待自己學會飛，有豐厚的羽毛包裹住潛在我字句裡的靈魂，一起升空。

## 得獎感言

在抽屜裡揀出似是趨近幻想限期而逐漸黯然的愛情，試圖使用詩的畫面預言未來，也用詩的永恆替過去留下印記，謝謝獨處時的沉穩靜謐與足夠成為養分的失意，讓巨大的哀傷落寞也能折射出絢爛於紙上熠熠。

感謝那三日裡的飽滿與亢奮，在之中所感受到的高濃度話語和接觸到的真摯神情，都為我原先單調的日常帶來嶄新的意義。

詩是美麗的發聲，在寬無邊際的廣袤裡我不斷向四周投擲出自己的音頻，謝謝評審老師，這次傳來回音。

新詩類

佳作

# 憐

蕭宇翔

那種觸感，不同於
千紙鶴、信，或紙飛機
不，我在摺的不是
不再是有關生的課題
不再疑惑
是不敢篤定
不是問題的問題
仍存質疑
一如射向失地的箭羽

那繁複的稜角
多像妳叮囑我的語氣

小心刺到、這邊要整齊
我把自己摺進去，一層層
堆疊出一座歉意的堡壘
不斷估算著要多堅實
才能護守自己
卻沒想到如何出去

一切的摺痕終歸於
爐火，綻放於妳赤足
紅焰當前
現實的影子在後
陡然拉長、遙遠

卻仍飄搖著
如指引前行的旗

紙飛機、信，與千紙鶴
在妳靈魂的河上漂流
燒成一朵朵的蓮
流動成靜，混濁成清
妳終於走向光，不只
還成為了光
那太過刺眼的背影
我流淚的原因

而若那淚的形狀是雨
那雲，便是妳
註定在我乾涸前蒼白
飄然遠去

蕭宇翔

白晝時，桃園人；晚夜時，書中人；悲傷時，透明人；彈琴時，袁惟仁；九月後，東華人；寫詩時，不求人。

## 得獎感言

說是寫一首詩悼念，還是寫一首詩懷念，再或是寫一首詩碎念。詩實是我歇斯底里的方式，故先感謝評審老師海納我的叨叨絮絮、譫言囈語……得獎感言三百個字的篇幅，其實可以再寫一首詩，但感言實不適合以詩的方式呈現，題材太俗氣，再歇斯底里則會顯得莫名所以。我總覺得詩是該歇斯底里的，而這種歇斯底里的質地，就像「不求人」的齒紋一樣，可以讓寫詩者在交付、傾訴時；讓讀詩人在定睛、融入時，搔到癢處，然後戛然舒爽，驀然回首，頓然淚流。但願現在的，我是此生最老的時刻，從此一路越來越年輕，否則老了還歇斯底里，還天真爛漫，這怎麼像話呢。

新詩類

佳作

# 在那之後

王瑋

我仍留著那把鑰匙
偶爾演算起解鎖的公式
偶爾，效法床角的仙人掌
長出幾根勇敢
柔軟的刺

我將回家的路走熟了
換了牙膏的口味
只是隨身安放的日記本裡
不再蔚滿森林般的字句
凌晨捨不得模糊的意識
則改由黑夜捻熄
再也沒有那件體溫

能夠溫柔地披著
直至天色亮起

直至再次情願
讓渡給時光之前
我蓋起了一座情感的分隔島
在往返的喜歡與否之間
倒數下一趟的封街
吉他手絕交了重要的指法
小說家棄養了一段
最疼愛的情節
一根香菸
面對眼前的火柴

忘了如何醒來

面對日子
活成了一支斷水的筆
無論再怎麼用力地
擠——壓——
那殘缺的芯啊
也只能吐出
遠遠不及完整的
歪斜句意

# 王瑋

一九九五年生，台北人，現為政治大學四年級生。

嗜旅行、電影、音樂、小說、漫畫、村上春樹、詩，也喜愛大海和冰啤酒。

近期目標是少滑手機，多跟靈感談戀愛。流浪的路途上，也期勉自己對生活保持熱情，並擁有一顆更柔軟的心。

## 得獎感言

收到獲獎的通知信件時，就像從抽屜深處翻出一張中了兩百元的發票那樣，心情實在非常感激。

〈在那之後〉裡面的字句，有些出發於真實感受過的疼痛與迷惘，有些則是想像的轉化，但無論如何，這首詩都呼應著我大學生涯中一個篇章的落幕，或說某段痛快與失落並陳的感情。

我們常會以為自己在經歷了什麼之後，就能長出對應的抗體，想像類似事件再次發生時，就有辦法能夠更優雅地正面對決那衝擊了。

可是論及「告別」，卻不是這麼一回事。儘管已經習慣向誰說再見了，在真的離開了特定人事之後，我們卻恆常無法和遺憾和平共處，也無法拴緊思念的水龍頭，而只好任由那些往事於靈魂夾層間流淌良久吧——這首詩的命題便是如此而生的。

謹以此詩獻給每一個在那之後的你。

BGM：Vance Joy-Riptide

（打完得獎感言的瞬間突然莫名好想吃麻辣鍋喔。）

新詩類評審意見

## 〈靈感來臨前〉

楊澤

不妨說，每首詩其實都是，穿梭於夢想與現實之間，某種形式的出發與歸來，但要是有那麼一首詩，只寫了出發，而未觸及歸來呢？或者，只寫了歸來，再拿歸來叩問，重新出發的可能呢？

想不到，眼前真有這樣一首詩，詩題就叫「靈感來臨前」，寫的不是靈感的不可捉摸，或者靈感的神奇作用及產生過程，而是，在靈感，那最初的詩的靈光，或者說，藝術的偉大感召面前，所有平凡無比的寫詩人如你我，如何再度幫自己及自己的詩找到新的出發點，重建屬於自己的詩的王國，再一次把詩篇源源不絕地生出來。

在那詩的永恆靈光面前，作者自覺十分渺小，謙稱只是一個無足輕重的平凡寫詩人，卻因死去而復活，遂得以「騎乘夜色的神駒潛行」，重返那年輕時代屢屢造訪的詩的星系——

那一度被想像力的彗星點燃的夜空海岸，那尊嚴的白塔，精神閃耀的城牆，詩的王都。

作者其實年歲尚青，卻已懂得等待。在詩靈再度來訪前，他低調等著，期盼有那麼一天，當靈感的大潮再起，他的腳步變得輕盈，才足以追得上那些他先前一直望塵莫及的事物。

但在那之前，下一個冬天也許會更冷更長些，年輕詩人開始想像，他必須在焚林地蒐集更多的木炭，到彗星隕落處撿拾更多隕鐵和磷。

在那之前，詩人最終一反之前的低調，他大膽宣稱，他將用力召喚，更多流落在外的詩星系，回到詩的王國……

我發現，年輕詩人在這裡輕易超越了自己，他幫自己，也幫眾人重新找到了，詩的王國，詩的新起點。

## 〈等待一首詩的出現〉

羅智成

這是一首有著濃濃詩情的情詩，描述兩個在戀情中失敗的人，透過詩與歌的交契，相互慰藉、相互期待、相互探索又屢屢錯過的曲折歷程。

由於作者企圖傳達的訊息和想要表現的手法較多，又希望把詩與歌本質的親近諧擬於兩個人的關係，不免顯得有些囉嗦和過度散文化。即使如此，整首作品還是有著許多優美的詞句和細膩的情感。

## 〈憐〉

羅智成

這是一首有著隱晦象徵的詩作。透過第一人稱的「我」用心褶疊紙船的心路歷程，生動表達出對於第二人稱的「妳」深深的思念與憐惜。象徵技巧的使用，在於尋找一組相關又吸引人的意象，透過詩與情感的邏輯，創造出共鳴、展現出動人的說服力。作者在這部分表達得十分純熟而準確，具有巨大的感染力。唯最後一段顯得多餘。

## 〈在那之後〉

羅智成

一首失戀的詩，憂傷卻優美得十分迷人。無論是什麼事件，在那之後，顯然許多事都改變了！生活上的細節，心情上的細節……作者透過對這些細節的描繪，輔以溫柔的節奏、收斂的語法，娓娓陳述著這些時日的差異。他渲染的氛圍是如此的輕柔、如此的耽溺，使得我們讀整首作品就像一個緩緩療癒的過程。

INK PUBLISHING

# 女兒身
## 二〇一七全國台灣文學營創作獎得獎作品集

作　　者　陳芊伊　陳昀坊　謝淑帆　曾達元　陸怡臻　洪順容
　　　　　張純甄　李　怡　劉彥辰　謝宛倩　蕭宇翔　王　瑋
總 編 輯　初安民
責任編輯　蔡俊傑
美術編輯　黃昶憲
校　　對　蔡俊傑

發 行 人　張書銘
出　　版　INK印刻文學生活雜誌出版有限公司
　　　　　新北市中和區建一路249號8樓
　　　　　電話：02-22281626
　　　　　傳眞：02-22281598
　　　　　e-mail：ink.book@msa.hinet.net
網　　址　舒讀網http://www.sudu.cc

法律顧問　巨鼎博達法律事務所
　　　　　施竣中律師
總 代 理　成陽出版股份有限公司
　　　　　電話：03-3589000（代表號）
　　　　　傳眞：03-3556521
郵政劃撥　19785090 印刻文學生活雜誌出版有限公司
印　　刷　海王印刷事業股份有限公司

港澳總經銷　泛華發行代理有限公司
地　　址　香港新界將軍澳工業邨駿昌街7號2樓
電　　話　(852) 2798 2220
傳　　眞　(852) 2796 5471
網　　址　www.gccd.com.hk

出版日期　2017年10月　初版
ISBN　978-986-387-203-0

定　價　199元

國家圖書館出版品預行編目資料

女兒身
二〇一七全國台灣文學營創作獎得獎作品集
／陸怡臻 等著；--初版，--新北市：INK印刻文學，
2017.10　面；　公分
ISBN 978-986-387-203-0（平裝）
863.3　　　　106017155